表参道日記

~その四~

伊藤公一

幻冬舎MC

まえがき

当書籍は月刊誌「美楽」への連載執筆を、そのまま掲載したものである。

２００９年７月から書き始め、２０１２年に『表参道日記〜その一〜』を、２０１６年に『表参道日記〜その二〜』を、２０１９年に『表参道日記〜その三〜』を発刊し、今回は『表参道日記〜その四〜』として、その後の雑文を書籍刊行させていただくこととなった。

気が付けば、実に14年もの期間、本業以外のテーマをネタに締め切りを守ってきたわけだ。

生来、根気がなく、勉強もスポーツもすぐに諦めてしまう自身の性格を考えれば、月に1回、１０００字前後の文章を打ち込むといった地道な作業を、よくも続けられたことと自己評価している。

それにしても14年間ともなると、わが国だけに限っても、実にさまざまな不測の事態が起きた。

『その一』の執筆期間には自民党から民主党への政権交代。その間に東日本大震災が列島を襲い、『その二』の間には自民党が再び政権与党となり、安倍晋三総理が自身へのさまざまな攻撃をかわしつつ「アベノミクス」なる政策を継続。『その三』の間には、新天皇陛下のもと、令和時代がスタートし、東京オリンピック開催に心を躍らされていたわけだ。

そして、この書籍『表参道日記〜その四〜』の執筆期間であるが、新型コロナウイルス感染症に侵され続け、全国民の日常生活が後ろ向きとなり、オリンピック開催は延期。長期政権を果たした安倍元総理が遊説中に暗殺されるという考えられない惨劇に見舞われた。

さらに海外を見渡せば、記載の際限は無く、世界平和とは程遠い方向に向かっている。イスラム国（ＩＳ）によるテロリズムは消滅したかのように思えるが、ロシアのウクライナ侵攻が始まり、１年以上経った現在も全く終息の目途が立たない。

それらは、いずれも対岸の火事のようだが、日本の上空を飛ぶ北朝鮮製ミサイル。中国が台湾を侵略するかもしれないなどの現実を正面から捉えれば、防衛力

強化も納得せざるを得ないのであろうか。そして経済対策の見通しもつかない状態だ。

悲観的なことばかりを申し上げたが、戦争の罪悪を知る世代が少なくなってきた状況下、平穏な時代を過ごしてきた65歳の一市民として、『その五』に向かって、なおも原稿を書き続けるつもりだ。そしてわが国が、今後の4年間、5年間が、とにかく平和であり続けることを切に願う。

前3冊同様に素人の日記帳を最後のページまで、お読み頂ければ、著者として望外の喜びである。

※コラム内の肩書・役職などは当時のものです。

目次

第2章　予測不能な時代へ　――2020年

第3章　人間の本質を考える　――2021年

第4章　日本は何処へゆく　――2022年

第1章

改めて問われる日本人の心

2019年

ドイツを旅して感じたこと

6月初旬、ハンブルクを訪れた。初めてのドイツ旅行であったが、良き仲間に恵まれ、旬のホワイトアスパラガスを食しながら、季節の変わり目の欧州の空気を存分に吸い込んだ。

港町ハンブルクは旧市街地と、運河沿いの再開発地域が上手に同席する完成された観光地である。そこで、ふと気付いたのが、断片的に存在する古い教会などの歴史的建造物以外の地域が、パリやロンドンに比べ、格段に新しいことであった。

その理由を、東京同様、第2次世界大戦でハンブルクは中核都市として、アメリカ・イギリス連合軍隊に徹底的な空襲を受け、廃墟の街から復興が始まったところにあると聞き、何とも物悲しい気持ちとなった。

帰国直後、皇居の傍、明治生命本社館地下レストランにおける会食に参加した。昭和9年に建てられた建造物であり、趣のある洋館が創業以来の姿で残されてい

る。

昭和9年は、紛れもなく戦前である。そして、戦時中には、あえて、その場所の空爆は避けられ、戦後しばらくの間は進駐軍の娯楽施設として有効利用されていたわけだ。その場所が、3日前に眺めていたハンブルクの教会付近の生き残り景色とだぶった。

そして終戦から74年が経過した令和時代。最初の国賓として、米国・トランプ大統領を迎えた。わずかな滞在期間中、ゴルフに大相撲、炉端焼き、天皇皇后両陛下との会談から軍事視察までの行程。ここまでの完璧な接待を喜ばない人間はいないはずだ。

とはいえ、この素晴らしい外交劇に一抹の不安を感じざるを得ないところもある。

今後、安倍晋三総理は任期満了まで職責を果たすであろうが、トランプ大統領は、来年、嫌でも選挙のハードルを越えなければならないわけだ。

どうやら現在のところ、米国内でトランプ氏に対する有力な対抗馬が存在しな

いようだが、実際、ここまでの「抱きつき外交」を大成功させた後、トランプ氏以外の反トランプ候補が選出された際のシナリオも政府は描いているのであろうか。違う人が大統領になったら、日本は嫌われてしまうかもしれない。

ドイツのスタンスは違うようだ。旧東ドイツ出身のメルケル首相が、今年のハーバード大学卒業式の記念講演で、私生活を語り、トランプ大統領の政策を堂々と批判し、拍手喝采を浴びた。かつての同盟国が随分と違う方向に向いている感を覚えた。

以下は不規則発言かもしれないが……。

日本維新の会・若手議員が「北方領土を戦争で取り返せ」と発言し、与野党問わずに大ブーイングを受けている。馬鹿な奴だと自分も思ったが、その後の振る舞いを見ると、本人は、まずいことを言ったなどと微塵にも思っていない節がある。

そこで言葉には発しないが（文書に残すほうが罪悪だが）、地味で堅実で素直な人柄で、自動車や電車を始めとする精密機械の製造・販売で世界を席巻する日

独には共通点が多い。日本は平和な形でドイツと連携しながら、反保護主義、反自国中心主義の原則を再確認するべきであろう。それにしても……英語圏との戦争に勝てばよかったなあと思う日本人とドイツ人は、自分以外にも結構いるのでは……。

（２０１９年８月）

役者が違うでしょ

「好きなタイプを芸能人で言えば……」の如く、テレビに出演する人々は身近な存在であるゆえ、芸能界ネタは確かに面白い。

よって、この夏前半の注目ニュースは吉本興業お家騒動である。専業の歌手でも役者でもないところの芸能人に、吉本のお笑い芸人が位置するのであろうが、バラエティ番組に限らず、いつの間にか、テレビの地上波放送内を席巻している。彼らの出演は、芸人とテレビ局、その間を仲介する芸能事務所の3者で成立する契約社会であるわけだが、そこに介在する微妙なパワーバランスは素人には分かり得ない。とはいえ、それは芸能界だけに存在する特別な間柄ではなく、あらゆる職域にも舞台と楽屋が存在しているので、所感を述べる。

今回の一件、そもそもはエース社員の不用意な行動、虚偽報告から始まり、会社が社員の契約を解消。ところが、その手段、方法が理不尽だと、社員側が会社を無視して独自に記者会見を実施。その捨て身な姿に世論は一気に社員サイドに

傾倒。やむを得ず、社長が弁明会見し、社員に頭を下げて契約解消を解消したにもかかわらず、5時間半も恥をかかされ、管理者の資質がないとまで攻め立てられる。その後、あらたに社員側に不利な報道があり、やはり、契約解消の解消を解消の方向に……と。ここまでが当原稿執筆締め切り時点での経緯である。

その間、朝の情報番組司会を務めるエリート社員が、思い余った気持ちを吐露。現職員や大御所会社OBが、週刊誌の取材やSNSを通じて、社長を庇護したり反旗を翻したりのコメントを発信。

そこで今回のケース。記者会見の場で民意を競うのであれば、楽屋で働く管理職と比較し、テレビや舞台を仕事のフィールドにする芸能人のほうが有利に決まっている。

会長も社長も元辣腕マネージャーで、やり手の経営者と知ったが、舞台裏にいる人物が、カメラ慣れしているわけがない。まさに「役者が違うでしょ」だ。そして事態の収拾に努めている間、タレントに突然、先手を打たれた日には敵わないものと同情する。

さらに大人の男が衆目の中で涙する姿は見るに堪えない。プロであれば、悲し

くなくても涙は流せるはずだが、芸人は陽気に人々を笑わせて和ませるのがミッションの職業人である。真面目な泣き顔が記憶されたら、その後に面白くても笑えない。芸能事務所の社長も「冗談が通じなかった」と、とぼけを押し通すような型破りなタイプであってほしかった。

本稿、あえて実名を伏せたが、半年も経てば、再び彼らの振る舞いに笑っているか、表舞台から去り、その存在すらも忘れてしまうのであろう。

それにしても吉本興業に所属芸人が6000人いると聞き、驚いた。世の中、素人レベルでも面白い人がたくさんいるが、芸人の笑いに対する期待は違う。

金がかかっているわけだ。そこで支払った金額の代償として、素人を一斉に笑わせる能力、技術を持った人間が、6000人もいるとは思えない。

(2019年9月)

スマイルシンデレラ

8月、日本中のゴルフ好きおじさんを興奮させ寝不足にしたビッグニュースが、海を渡って配信されてきた。

弱冠20歳の渋野日向子プロが、ゴルフの本場、イギリスで開催された海外メジャー「ＡＩＧ全英女子オープン」に初出場で優勝。日本勢としては１９７７年「全米女子プロ選手権」の樋口久子プロ以来となる、実に42年ぶり2人目のメジャー制覇であった。

当然、その朗報は、翌朝のテレビニュースや新聞にてトップページで紹介され、ゴルフに関心のない人々にも広く、その偉業が知られることとなった。そこで、改めて彼女の戦績を見れば、偶然にビッグタイトルを獲得したわけではないことも明らかであった。

岡山県の出身である彼女は、8歳からゴルフ競技を始め、２０１８年のプロテストに2度目の挑戦で合格。

2019年の国内メジャー「ワールドレディスチャンピオンシップサロンパスカップ」でツアー初優勝。20歳178日での、この優勝は2015年チョン・インジ（韓国）の20歳273日を更新する当時の大会史上最年少勝利。同年「資生堂アネッサレディスオープン」で2勝目を果たしたうえで、今回のタイトルを掴み取ったのである。

一躍時の人となった渋野日向子プロ。そこで世界から注目、評価されたのは積極的なプレー内容とともに、見る者を幸せな気分にした満面の笑みである。

早速、海外メディアは常に笑顔を絶やさない20歳の彼女を〝スマイルシンデレラ〟と命名し、日本でも快挙の達成とともにその呼び名を大きく報じた。

確かに本当に可愛らしい女性である。プレー中も日本メディアの記者会見でも、海外メディアに囲まれても、終始ニコニコしながら爽やかさを発信していた。

笑顔は万国共通、距離を超えて、主役が楽しそうであれば周囲も楽しくなる。実際、テレビを見る自分も、思わず微笑んでしまう。

それにしても日本人の若者は一昔前に比べ、本当に表情が豊かになった。同じ

時期に甲子園で開催された高校野球。８月だけに試合前のサイレンからは空襲警報を、開会式の行進は学徒出陣を連想してしまうが、以前より選手たちがニコニコしていることにも、改めて新しい時代を感じた。

（２０１９年10月）

海外で不測の事態に陥ったら

羽田空港の国際線待合室にて、出発便を待っていた際のことである。たまたま、その日は、空港の防災訓練実施日に当たり、その場に滞在する人々に対するアナウンスが鳴り響いていた。

病院でも定期的に施行が義務付けられている防災訓練。極めて大切な事柄と分かっていながらも、あくまでも仮の想定であり、本物の事故が発生したわけではないので、半年に一回の実施が、どうしても形骸化してしまう。

実際に、羽田空港での、ある場所に火災が発生し、後に無事に鎮火したので、落ち着いてくださいという内容は病院でのシナリオと全く同様であり、当院のスタッフや患者様の反応同様、空港内従業員も乗客たちも、微動だにせずに、放送を聞き流していた。

しかしながら、流石に航空会社。外国人も大勢集まる国際空港ターミナルの場であり、日本語のアナウンスから間髪入れずに、流暢な英語、中国語、韓国語の

直訳が続いた。

帰国後、早速に当院が誇る国際医療室の外国人職員に翻訳を依頼し、自前で三ヵ国語放送を組み立て、実践した。

今月の日本。人気者・小泉進次郎議員の初入閣に、持ち上げるだけ持ち上げていたマスコミ陣が突然のあら探しに奔走している間に、甚大な台風被害が、東京都の隣県である千葉県全域を襲った。

そして直後にラグビーワールドカップが始まり、日本チームの大進撃に、台風が起きたことなどすっかり忘れ、国民全員が興奮しているわけだ。

このラグビー選手権、日本では関心の薄かった大会だが、オリンピック、サッカーワールドカップに次ぐ世界的なスポーツ行事であり、今回の自国開催で、開催期間中に500万人を超す外国人が世界中から来日すると聞く。

そこで冷静に考えれば、わずかな風の方向や時間軸のずれで、台風が開催地や宿泊場所に直撃したわけだ。

伊藤病院で実施した多言語による防災訓練アナウンス。もともとの動機は空港

で偶然に遭遇し、小生の思い付きで実行した格好付けに他ならないが、海外からの移住者や訪日外国人の増加が止まないわが国の現状を考えれば、不測の事態が起こり得る場では正しい選択であったと、今は自負している。

(2019年11月)

いろいろなことがあった長い夏と短い秋

国際オリンピック委員会（ＩＯＣ）にも敬遠され、オリンピックの華である男子マラソンが、いきなり札幌に奪取された東京の夏。

そこで競技を行ううえでの元凶であった猛暑期間が、年々、長くなっている。

その間、厳かに即位の礼が執り行われた。新天皇陛下は実に堂々とした御方だ。

大人気となったラグビー世界選手権も、わが国がトライできなかった強豪国・南アフリカが優勝を飾り、無事終了した。高校野球地区予選で決勝に敗れたチームが、代表高校にエールを送るが如く祝意を表したい。

その間、プロ野球日本シリーズはソフトバンクが巨人軍に4連勝で、あっさり打破。恐るべき孫正義。

チュートリアルの徳井はルーズなのか、賢いのかが分からないところだが……はたして税金の重みを感じない人間が節税対策で会社を設立するのであろうか。

渋谷のハロウィンは、流石に昨年よりは、おとなしめであったものの、逮捕者

は、それなりに続出。自分が今の時代、20歳代であったならば、きっと悪乗りしていたであろうが、いつの時代も懲りない若者がいるものだ。

そして史上最強の台風による甚大な被害もあり、まさに悲喜交々な今秋であったが、その間、10月9日に発表された吉野彰氏のノーベル賞受賞の快挙は、もっと大ニュースであってほしい。

スマートフォンやノートパソコン、デジタルビデオカメラ、さらには電気自動車などまで利用が広がるリチウムイオン電池を開発した業績で、米国の大学教授二人とともに化学賞を贈られたわけだが、まさに世界中の暮らしを一変させた偉業である。

現在、旭化成名誉フェローである吉野氏。満面の笑みが理系学者の気難しさを一蹴するところだが、いわゆる大学人ではなく企業人として、辛抱強く頑張ってきた点にも注目が集まった。

そこで「サラリーマン研究者」という単語を初めて耳にしたが、ここで使われるサラリーマンの対極は、経営者や会社オーナーではなく、大学の研究室を示しているものと解釈した。

医学研究も然りであるが、化学に限らず、理科系分野における研究環境をめぐっては研究費削減が続き、官民ともに研究力低下が囁かれている。とはいえ、民間企業のほうが、その維持が大変であることは間違いない。

そこで企業内研究者には短期的な研究成果が求められたうえで、内部での実績評価につながるわけだが、「研究には必ずゴールがある」と信じながら、同じ研究に執着した吉野氏とともに旭化成の先見性を重んじる企業努力にも拍手を送りたい。

そして氏のインタビューで、科学への興味を持つきっかけは、小学校4年生時の担任教師が勧めてくれた英国の科学者・ファラデーの著書『ロウソクの科学』であったとも知った。

全く聞いたことのない書物である。そして、その美談から連想したのは同時期に後輩教師いじめで問題となった神戸市の小学校教員の面々。これらの先生方は、どのような推薦図書を児童に紹介していたのであろうかと。

いろいろなことがあり、考えさせられる秋であった。

（2019年12月）

第2章 予測不能な時代へ

2020年

今年もいろいろなことがありました

雑誌の暦は先行しているものの、当原稿執筆時は、まだまだ令和元年なので、今年の話題を綴る。

テニスやゴルフ、カヌーなど国際大会やオリンピックで日本人が活躍すると、早速に、それらのスポーツを子どもに習わせ始める映像を見る。平和な国家での微笑ましい光景と思いつつも何とも軽い感じも持つ。

そこで今年の流行語大賞に輝いた「ワンチーム」というフレーズ。職種を問わず、集団を束ねるリーダーが、共通するマネージメントツールとして、忘年会や新年会のスピーチや乾杯の音頭、年頭所感の文中で使用することであろう。

流石に直後に使用するのも恥ずかしいところだが、実に素晴らしい言葉だ。流行が過ぎさった頃に使おう。

次々と発覚する「桜を見る会」における不透明。野党の口撃は、現時点で全く

終結を見ない。流石に来年は中止になったようだが、次の桜の季節、またもや復活するのであろうか。

そこで安倍晋三総理夫婦の肩を持つわけではないが、パーティの主催者であれば私物化し、選挙区で恩義のある人たちや、芸能人を呼び、自分を目立たせるのも当然に思うが……。税金が投入されているのが批判材料のようだが、マイナンバーカードの失策など、桁違いの無駄遣いのほうが議論の対象になるべきだ。

小生、今年の最大行事。9月の日曜日、大関になる前より応援していた稀勢の里関の断髪式に出席した。国技館の土俵に登り、1対1で横綱と話せたのは一生の想い出となったが、この催しの出席者はわずか280人。実に大切にされていた感を覚えた。桜を見る会には出席したことも、今後、出席する予定もないが、実に1万8000人以上が集う催事。それだけの人数が集まれば、お呼ばれした感激も薄いだろうし、問題人物が一人や二人はいても、おかしくはないわけだ。

大晦日のテレビ観賞といえば、レコード大賞、紅白歌合戦。その直後に「ドー

ン」の鐘の音で始まる、「ゆく年くる年」のはしごが定番だが、レコード大賞の連続受賞者は、そうはいない。そこで2001年から2003年にかけて、文句なしの強さで頂点を極めたのが、平成の歌姫・浜崎あゆみ。

彼女の詞や曲が好きなので、幻冬舎から出版された話題図書『M 愛すべき人がいて』を読んだ。帯に「自分の身を滅ぼすほど、ひとりの男性を愛しました」とある書籍。同志であったレコード会社の専務との出逢いから別れまでを、自作の歌詞を含めながら、フィクションとして描かれた実話と明記されている。こんなに愛されたら重いだろうが、羨ましい限りだ。

11月29日に101歳で逝去された中曽根康弘元首相。立派な政治家として専売公社や国鉄、電電公社の民営化ばかりが実績として注目されているが、総理就任時、癌との闘いこそ日本人の宿命で政治の目標だと決意し、当時の文部、厚生、科学技術の3省庁合同プロジェクトとして、対がん総合戦略を構想、実施。1984年度から、実に1000億円が第1次対がん10ヵ年総合戦略に投入され、現在に至るまでの、わが国における癌研究・癌臨床の進展につながっていること

とに注目したい。

医学・医療の発展にはお金がかかる。そこで研究費、医療費の節減に走る今の政治家先生。この素晴らしい偉業の価値を、ぜひとも知ってもらいたい。

（２０２０年１月）

お雑煮屋のチェーン展開

元旦の食卓を彩るのは、おせち料理とお雑煮のセットであろう。餅好きの小生。色鮮やかな、おせち重より、お雑煮を食すのが毎年の楽しみである。そして、なぜに、このような美味しい料理が、1年間でわずか3日間の限定食であるのかと、20年ほど前より疑問を抱きつつ、飲食店のオーナーと親しくなるたびに、お雑煮専門店開業を促してきた。

そこで素人が立案するビジネスモデルの長所は、以下の如くである。食べたことのない人はいない。嫌いな人、食べられない人がいない。朝御飯に限られたイメージが強いが、ダイエットを心掛ける人の昼食にも適している。夕食後の締めとしても使えそうだ。夜中のラーメンの強敵としても君臨するであろう。食材は少なく材料費が安い。全国各地の味として、適当に値段と内容を変えるのも妙案だ。小さな調理場で、マニュアルさえあれば、アルバイト店員でも簡単に作れる。しかも客は早く食べるから回転率も良好。お椀一つだから後片付け、洗い物も楽。

等々の都合の良い事項ばかりを頭に浮かべつつ、もし具現化されたら、洒落たイメージで女性客も引き込み、丼物や寿司のチェーン店を簡単に凌駕できるのではと考えていた。

一方、最大の欠点は、誤飲リスクである。よって老人健康施設や療養型病床では、決して提供されないメニューではあるが、それ以前に、料理のできない小生でも、知れば知るほどに分かったことは、味付けがデリケートで、実は大変に調理の難しい料理である事実だ。

実際に昨年、お雑煮が好評である渋谷のダイニングバーで、カウンター越しに見た調理場面は実に丁寧で時間のかかるものであった。

さらに、お雑煮の奥深さを知ったのは最近、目に留まった地域の医師会報に掲載された随筆である。

以下は、その文章から抜粋した内容である。

お雑煮の由来は古く、始まりは室町時代といわれている。餅は古くから農耕民族である日本人にとって、祝い事や特別な「晴れの日」に食すもので、年神様

に供えた餅や里芋・人参・大根などを、その年の最初に井戸や川から汲んだ「若水」と、新年最初の火で煮込み、元旦に食べたのが始まりといわれている。

また、雑煮とは「煮雑ぜ（にまぜ）」で、いろいろな具材を煮合わせたことが語源と言われている。

ちなみに「祝い箸」という両方の先が細くなったお箸は、一方を人が使い、もう片方は神様が使う「神人共食（しんじんきょうしょく）」を表したものといわれており、お雑煮が「人と神様を結びつける食事」として「晴れの日」の食べ物であったことをうかがわせる。


お雑煮は実に神々しい食事であった。そして著者である渋谷区内開業医・高橋俊雅先生の奥様は、さまざまな味噌と食材をアレンジしつつ、元旦の仕事始めから、9月まで実に250回の異なったお雑煮を作り続けたのである。

妄想するだけであればノーリスクであるが、やはり素人が抱いた飲食店経営の初夢は甘かった。


（2020年2月）

改良の裏で泣く人々

40年以上前に見ていた景色である。小生が大学生活を過ごした神奈川県相模原市、その隣の座間市や厚木市は日産自動車の工場城下町であった。そして、街も住民も若く、活気に満ち溢れていた。

その後レバノンに逃亡したカルロス・ゴーン容疑者の身勝手極まりない振る舞いに触れ、1999年のリバイバルプランのもと、仕事場である工場が閉鎖された。そこで失職した人たちの気持ちを察すると、何とも切ない気持ちになる。

最近の話題である。環境問題の対象であって、その評価が一変した素材にプラスチックがある。特に海洋プラスチックごみは、土に戻らず、海洋汚染や生態系の変化を引き起こしてしまうことにより、それらの削減が世界的な課題となっている。

まずは当たり前に使用されていたストローの存在が罪悪視され、米国のスターバックスやマクドナルド、ディズニーランドが端を発したプラスチックストロー

廃止。その動きは日本にも即座に波及し、すかいらーくや大戸屋、デニーズ、リンガーハットなど国内外食チェーンも続いた。

全日空グループはストローに限らず、機材や空港ラウンジの使い捨てプラスチック製品の総重量を2020年度末までに7割削減すると公表している。

さらには容器包装リサイクル法の関係省令が改正され、7月1日からはスーパーマーケットやコンビニエンスストアなどすべての小売店でレジ袋の有料化が義務付けられる。それらの改革に先立ち、官庁のコンビニに入り、エコバッグで買い物をし、満面の笑みを浮かべる人気者・小泉進次郎環境大臣のパフォーマンスに、カルロス・ゴーンが被ってしまう自分はひねくれ者であろうか。

確かに誰も否定できない地球環境改善には喜ばしいことであろうが、そのような急速な脱プラスチック化が、一部の企業やそこに従事する人々にとって死活問題となっていることにはあまり光が当てられていない。

日本国内には大小さまざまなプラスチック製品製造企業が1万2000社存在し、従業員は約40万人以上いる。その中で、ストローやレジ袋の生産を任されていたのは、ほとんどが地方の零細企業であり、これらのファミリービジネスは、

イメージの悪化よりも金融機関から融資が受けられず、すでに廃業や倒産の兆候が見られていると聞く。

こちらも同じく何とも切ない話である。

実際にプラスチック製品の国内生産量は2019年3月以降、直近まで4ヵ月連続で前年割れしている。その3月は、奇しくもスウェーデンの環境活動家、弱冠16歳のグレタ・トゥーンベリさんの活動がSNSを通じて世界的な支持を集めるようになった時期である。

温暖化対策も大切だが、環境保護に向け、業界も変化しようと試行錯誤している。業態変換のための猶予期間も必要ではないだろうか。

一方、日本では微生物が作るポリマーをプラスチックに置き換える技術が改良されている。そこで公害問題収拾の経験も実績もある日本が、世界に広がるプラスチック問題でリーダーシップを取る期待も秘めている。

（2020年3月）

働き方改革を、とうの昔に実践していた管理者

日本中が新型コロナウイルスの脅威に揺れる2月11日に、野村克也氏が虚血性心不全のため、84歳で、この世を去った。

テスト生で入団した現役時代には南海で大活躍し戦後初の三冠王。ヤクルトや阪神、楽天の監督として3度の日本一に輝く名将として知られた氏の訃報。日本のメディアはもとより、米国ニューヨーク・タイムズ紙も異例の追悼特集を掲載。「戦後の日本球界の大黒柱」と称えている。

それも当然のことであり、生前より、その業績は多くのビジネス指南書ともなり、単なる偉大な野球人を超越した存在であったわけだ。そして今、ID野球※といわれる緻密な戦略や、他球団の戦力外選手を再生させた指導実績など、故人の数えきれない業績が、改めてクローズアップされている。

そこで小生が特に着目、尊敬する二つを紹介する。

一つ目はプレーイングマネージャー。いわゆる選手兼任監督として長年にわた

り、実績をつくったことである。

教え子である古田敦也氏や、谷繁元信氏も捕手として同様の道を歩んでいるが、野村監督がパイオニアであろう。

考えてみれば、9人の選手のうち捕手だけは、バッターボックスに立つ相手選手と同じ方向に目線を置いている。鬱陶しいであろうキャッチャーマスク越しに、そのポジションは司令塔としての役割を果たしているのであろう。

それらを我々の業界に例えれば、院長の役割は、まさに捕手である。そして大きな病院の院長業務は会議中心だが、中小病院の院長任務はプレーイングマネージャーに一致する。実際に自身も一選手として外来診療や手術を担当しながら監督を務めているが、それは難事業と自覚している。

そこで野村監督とはいえ、最後の選手年限までリーディングヒッターではなかったわけだ。おそらく引き際と他者への信頼、業務委託が絶妙であったのだろう。

もう一つは江夏豊氏や高津臣吾氏といった名投手を抑えの切り札に起用した名采配である。今では高校野球でも甲子園に出場する強豪チームともなれば、複数

のピッチャーが役割分担を果たしているが、昔は優れた投手イコール先発投げ切りが常識であったわけだ。

日本のプロ野球に先発、中継ぎ、抑えという概念、勝利の方程式を根付かせたのも野村監督の功績といわれているが（敗戦処理選手を選ぶのは辛そうな仕事だが）、これこそが、昨今の「働き方改革」実践の先駆けと思い、改めて尊敬をするばかりだ。

おそらく野村監督は、どのような組織の上に立っても偉大な管理者であったのであろう。

ノムさん、本当にお疲れ様でした。ご冥福をお祈りします。

（2020年4月）

※ID野球のID＝Important Data の略

まさに先行き不透明な時代

新型コロナウイルスの感染流行が止まらない。

事態は刻々と変化し、この原稿執筆時から発刊時までの数日間を見ても、世界の状況がどうなっているのか、誰も全く予想ができない。

現在、発端国・中国では収束に向かっているようだ。一時は莫大な感染者数が報告されていた隣国韓国も騒動が収まり、ＩＴなどを駆使した独自の対策が評価されている。

そしてウイルスの脅威はアジアからヨーロッパに移動。イタリア、スペイン、フランス、ドイツなどの主要国には外出禁止令が発動され、大変な状況となっている。

当初、楽観的だったアメリカでも感染が急速拡大し、世界経済の中心地ニューヨークで都市封鎖が実施されるまでに至った。さらに今後は、医療提供体制が脆弱なアフリカでの感染爆発が危惧されている。

当然のこと、わが国でも、わずか1カ月の期間にパンデミック、クラスター、オーバーシュート、ロックダウン（都市封鎖）、ソーシャルディスタンスなどなじみのなかった危機管理用語がメディアを介して浸透。周囲に患者がいなくても、テレビを通して身近な存在である芸能人やスポーツ選手の感染（特に志村けん氏の逝去）がウイルス脅威の現実味を生み、増え続ける各地域の感染者数に、ひたすら脅える日々を過ごしている。

そこで情報過多で皆がコロナ疲れし、安倍晋三首相の緊急事態宣言発令が秒読みに迫った現在、日本人の行動や医療を見つめた限り、極めて冷静に時間が流れているように思う。

個人主義や自己責任などの言葉通り、自由や個性を重んじ、他人と違うことを尊ぶ西欧諸国から優柔不断、没個性と揶揄されるわが国だが、命令が存在しないなか、法廷の裏付けのない自粛の一言で、皆がそれなりに真面目な行動制限に傾く、助け合いの精神・姿勢は評価されて然るべきと思う。

世の中に完璧な手法はあり得ないわけだが、国民皆保険のもと、必要最小限の検査をもって治療の是非を定め、世界で類を見ない長寿社会を保つ日本の医療提

供サービスは、最も大切な人口に対する死亡者数の少なさが信頼の指標として表れているものと考える。

これらの私見は楽観的過ぎるであろうか。医療人の驕りであろうか。

とにもかくにも新型コロナウイルス感染拡大。早期に収束、終息し、世界が平時に戻ってもらいたい。

それにしても東京もパリも大変なこの時、両国からの脱出を果たし、レバノンでのんびりしているカルロス・ゴーンは実にふざけた輩だ。

（2020年5月）

人工呼吸器を使える医者が足りているか

想像を絶するコロナ禍が続く日々。多くの人々には、自宅での巣籠もりが強いられているが、エッセンシャルワーカーである医療従事者の日常には大きな変化が無い。

実際、小生のスケジュールも密集を避け会議は休止しているものの、外来と手術、名古屋と札幌への出張診療はカレンダー通りである。

そしてマスク越しに患者様と向き合い、自院での院内感染を起こさぬよう管理者として細心の注意を払う現実に、いささか疲弊している。

とはいえ、最前線で新型コロナウイルス感染者と直接、戦っているわけではないので「医療関係者に感謝を！」といった有り難いメッセージには、もどかしい思いを持つ。このように圧倒的多数の医師は該当領域の診療を粛々と行っているはずだ。

そこで心配なのは、このたびの新型コロナウイルス感染重症者例で使用される

人工呼吸器の使用状況である。現在、機械そのものの設置不足が危惧されているが、それを使いこなせる医師数の充足具合は問題視されていない。

人工呼吸器を、集中治療室（ＩＣＵ）で働く救急医、麻酔科医や、重症肺疾患の入院診療で呼吸管理が求められる呼吸器内科、呼吸器外科医が扱う絵柄は容易に見当が付くであろう。

しかしながら普通に考えれば、消化器内科、眼科、整形外科（日本の専門医人口３傑）や皮膚科、精神科の医師が人工呼吸器をコントロールする場面は、まずないといえるだろう。

自身の経験も申し上げる。30年以上前の大学病院外科勤務時代は、私のような専門性の高い医師であっても、甲状腺癌や胃癌診療で、人工呼吸器を使うシーンが存在した。そして、それらの多くは末期の患者様であった。

なぜならば、その頃の医療は、意識もなくなり助かることがまったく見込まれない方に対しても、１日でも延命するのが医師も患者家族も美徳と考えられていたからだ。

その後、尊厳死や医療経済の妥当性も問われ、過剰な終末期医療が見直され、

次第に一般診療科における不要不急の人工呼吸器使用が控えられるようになった。

それらの流れが正しかったことは申し上げるまでもないが、かつての慣習が若手医師のトレーニング現場であったことも事実である。

滅多に使われることのない自院の人工呼吸器を見つつ、有事に備えて、今後は、すべての診療科医師や看護師が防護服のガウンテクニックとともに、気管内挿管や人工呼吸器に対する必要最小限の知識を持つべきと考える。

（2020年7月）

木曜日に人生が変わる人々

新型コロナウイルス禍、気になったニュースに対して所感を述べる。

日本全体が3密を避け我慢しているなか、法務・検察当局で検事総長に次ぐナンバー2の黒川弘務・東京高検検事長がなじみの新聞記者たちと、賭け麻雀に興じ辞任となった。検察幹部の定年を延長できる検察庁法改正案を巡る議論が続くさなかの辞任劇。将来の総長候補ともされた実力者の突然の退場に、日本中で驚きと怒りが広がった。

総理大臣が「余人をもって代えがたい」とまで頼りにしていた人物としては、極めて、おそまつな幕引きではある。

その報道番組のなか、新聞記者あがりのコメンテーターは、現役時代に、有力者からの情報収集において麻雀の付き合いは不可欠であったと述べる。

そこで今回の一件。確かに法律違反ではあるが、昔も今も、大人が金銭を賭けないで麻雀をすることなど存在するのであろうか。

同番組で司会を務める芸人が、黒川検事長の完璧な学歴と職歴を紹介したうえで、「高卒の自分がやってはいけないと分かることを、何故にエリートがしたのか」と興奮していたのも印象に残った。

小生、黒川氏のことが好きでも嫌いでもないが、自分に全く影響のない役柄の人と考えれば、全くスキのない秀才よりも、麻雀だけは休めない人間のほうが、何だか茶目っ気があって安心する。

人気アイドル・手越祐也が、ジャニーズ事務所からの自粛命令を破り、何度も合コンで外出。それが原因で芸能活動の無期限休止処分が通達された。

フォーリーブスの時代からなじみのあるジャニーズタレント。いつの間にか、お茶の間の人気者アイドルを通り越して、社会的影響力を有する集団や個となってしまったゆえ、大人としての責任感が求められるのであろうが、その処分には厳し過ぎる感を持つ。

黒川さん同様、手越とも友だちではないが、芸能人は一般人よりも奔放で、不良っぽくあったほうが好ましい。

アイドルに、お行儀の良さはもちろんのこと、最近は学歴や知性も求められて

いるが、慶應大学卒業生がニュースキャスターを務めている場面のほうに違和感を持つ自分は、ひねくれ者であろうか。

今回のニュースで知り得たが、手越祐也は地道なボランティア活動を行う善人なようだ。

女性にもてるのは当たり前であろう。犯罪でもないのに可哀そう過ぎる。

同じく、もて男。好感度芸人・渡部建の私生活。こちらも法律を犯しているわけではないが、同調も同情もできない。

以上の3人。いずれも木曜日に人生が変わっている。

恐るべき、週刊文春！


（2020年8月）

ＰＣＲの発見者

30年前の話である。小生は東京大学医科学研究所で、学位取得の手段として「甲状腺腫瘍の分子生物学的解析」という難しいテーマに取り組んでいた。

そこで日々、試験管を振りながら甲状腺組織のＤＮＡ解析を行っていたわけだが、最後まで内容を理解できなかったので解説は割愛する。バブル時代であったが、自分の人生で最も勉強し、地味な時間を過ごしていたのは確かであった。

その頃、世界中の自然科学者から大注目を集め、新規に投入された実験手法が、ＰＣＲ（ポリメラーゼ連鎖反応／polymerase chain reaction）法である。

それはすでに採取法が確立されていたＤＮＡサンプルから特定領域を数百万～数十億倍に増幅する一連の技術である。

そこで、この世紀の大発見を果たしたアメリカ人、キャリー・バンクス・マリス博士の発見エピソードとユニークな人物像を紹介する。

マリス博士は会社同僚の交際相手とのドライブ中にＤＮＡ増幅方法のアイデア

が突然閃き、車を路肩に寄せて、手元にある紙片に化学式を書き留め、１９８３年12月16日に実験を成功させた。

とはいえ、この偉大な発明は、マリス博士の奇行もあって、他の研究者に、なかなか信じてもらえなかったそうだ。

それでも10年後の１９９３年ノーベル賞受賞を受け、最中にサーフィンに興じていたことから「サーファーにノーベル賞」と大きく報じられた。

その際、ＬＳＤやマリファナを使用していたことを公言。さらにノーベル賞授賞式の晩餐会で国王夫妻からの歓待を受けた際、当時タブロイド紙を賑わせていた王女を話題に「16歳の女の子なら、少し我慢するだけですぐに忘れますよ。大人になるための良い教訓になるはずです。なんなら私の息子の一人を王女の婿にしてください。交換条件として領土の３分の１を私にいただきたい」と提案する。

また学界の主流から外れた主張を繰り返すことが多く、コッホの三原則に反しているという論拠によるエイズの原因はＨＩＶではないというエイズ否認論者であるとともに、フロンガスによるオゾン層破壊や地球温暖化を否定することなどでも知られていた。

以上のエピソードより、マリス博士が奇人であったことは間違いないが、このPCR発見により、DNA配列クローニングや配列決定、遺伝子変異誘導といった実験が可能になり、分子遺伝学や生理学、考古学などの幅広い研究分野で活用されていることは確かだ。

新型コロナウイルス禍の中、世界中で当たり前に呼称されているPCR検査。昨年に亡くなった天才科学者マリス博士に、もう少しだけ長生きをしていただきたかった。

(2020年9月)

持病とは

小生の担当する甲状腺疾患の多くは命に関わらないものの、投薬や経過観察を要し、定期的な通院をせざるを得ない場合がある。

そこで患者様には「一生、持病と上手に付き合っていけば、心配はないので……」と言う文言を何気なく使っていた。

ところがコロナ禍をきっかけに、この「持病」の響きが一気に重くなってきた。

特にお年寄りの受診者より「私の持病は新型コロナウイルスで重症化する要因となりますか？」と、不安を問いかけられるようになった。

無論、甲状腺ホルモンが正しくコントロールされ、進行癌が放置されてさえいなければ、新型コロナウイルスに感染しても、全く問題はないわけだが……。

この機に、今まで軽く発していた「持病」の正確な意味を調べてみた。

辞書によれば、持病とは、いつまでも治らない病気を総称する言葉。風邪などの一過性の病気や重症かつ治療中の病気以外の、慢性的または断続的長期にわた

る病気であればどのようなものでも持病と表現される。さらに医師の診察を受けて治療中である慢性的な疾病のみならず、本人が長期に自覚している症状も持病と表現するため、種類や原因は多岐にわたるとある。

実に幅の広い解釈に思えるが、要するに本人の気の持ちようということであろう。とはいえ、「病は気から」で済まない持病もある。

安倍晋三首相が持病の悪化で、自ら職務継続困難と判断。国民に詫びつつ辞任を表明という号外ニュースが飛び込んできた。

総理大臣が抱え続けていた潰瘍性大腸炎という病気。20代を中心に若者から高齢者まで幅広い世代にわたり、国内の患者数は16万6000人以上、1000人に1人ほどで、難病の中で最も多いとされている。

この病気は自身の専門外であり、医師として診療に当たったことはないが、昔も今も医者の中では有名だ。似て非なる大腸疾患であるクローン病との鑑別ポイントは医学部の定期試験、医師国家試験において、ヤマ中のヤマであり、徹底的に暗記させられる。

その頃には存在していなかった特効薬が開発されたとはいえ、14年前の第1次

政権時代の反省、無念さも抱えつつ、8年に及び総理大臣の重責を果たしたこと、勇気ある幕引きは本当に立派である。

退任の意向を伝える演説は実に見事であった。持病を克服しつつ最長政権記録を達成させた本人の気概と、主治医の診療力に心よりエールを送りたい。

（2020年10月）

親の跡を継いで何が悪い

安倍晋三氏による記録的な長期政権に終止符が打たれた直後。次期総理候補として、「影の総理」の異名を持つ菅義偉氏が、まさかの出馬（周到な準備をしていたとも囁かれていたが）。

その瞬間、レース前から立候補を公言、やる気満々であった岸田文雄氏、石破茂氏が、下馬評で脱落。菅氏を応援するべく現実的な派閥調整が迅速に成され、瞬間的に岸田、石破両氏の当選の目はゼロとなり、選挙区から急遽上京した奥様の手料理やカレーライスを頬張る姿のパフォーマンスも空しく、2位争い扱いに陥った。

小柄で朴訥（ぼくとつ）とした雰囲気の菅氏。官房長官時代は自分のアピールを抑えていたわけだが、出馬宣言では、はっきりとした口調で、自身の生い立ち、原点、国を変える決意を語った。

雪深い秋田県の農家の長男で高卒後、就職のため上京し、町工場で働き、学資

を蓄え、学費の安い法政大学を卒業し、縁を作った議員秘書から地方議員となり、機を見て国政に進出。

このような「苦労人」「庶民派」アピールで一気に勝負に出たわけだ。

これをやられたら、世襲議員である岸田氏と石破氏の立つ瀬がないのは明らかである。

そこで考える。総裁選は国民投票で決まるわけではないが、日本人は、いつの時代も、このような立身出世物語が大好きである。

そして、今回の総裁選レースを介しても、「たたきあげ」は清く強く、「跡取り」は頼りない、世襲は罪悪と、一元的に片付けられることとなった。

これでは岸田さんと石破さんは、気の毒過ぎないか。

親の財産を食いつぶし放蕩する跡取り息子がいることも確かだが、世界中で、突出して中小のファミリービジネスが多い日本の家業継承者の大概は、物心ついた時より、親の仕事や振る舞いを見つめながら、跡取りのアドバンテージを謙虚に自覚し、若い頃から遠慮をしたり、強気に出たりと、自身の立場をわきまえているはずだ。

だからこそ平和な社会が保たれているものと信じている。

親の記録を塗り替えるスポーツ選手、農業や漁業などの一次産業。コロナ禍で苦戦する飲食業や宿泊業、小売店。もちろん医療機関もしかり、皆が自分の代で暖簾を下ろすことのないよう必死で頑張っているはずだ。

そこで岸田氏と石破氏。小さい頃から父親の後ろ姿を見つめ、政治の威力、限界、政治家の偉さ、愚かさを肌で感じ、地元有権者に頼られ励まされ、勉強して早稲田と慶應に進学して、若いうちから大人と上手に付き合って、総理大臣候補にまで登り詰めた男たちである。

ひ弱な、おぼっちゃま君で喧嘩が弱いはずがない。

（2020年11月）

都道府県ランキング

毎年、この頃、その順位を巡って全国的な注目を集める「都道府県魅力度ランキング」。市町村の地域ブランドを探す目的で始まったトライアルが、11年前から都道府県対象にまで拡大したものだ。

その最新版である「都道府県魅力度ランキング２０２０」が10月14日、発表され、今回は昨年まで11年連続１位の北海道は、トップを守り続け、７年連続47位となっていた茨城県は、最下位から抜け出したことが注目された。

調査を行ったのは、民間調査会社のブランド総合研究所。このランキングは、47都道府県と国内１０００の市区町村を対象に、全国の３万人以上の消費者に、それぞれの地域に対して認知度、魅力度、情報接触度、各地域のイメージ、情報接触コンテンツ、観光意欲度、移住意欲度、産品の購入意欲度、地域資源の評価など全84項目を質問し、各地域の現状を多角的に評価分析しているものだ。

そして順位が発表されるやいなや、新聞、テレビ、ＳＮＳの反応は毎年、加速。

トップニュースの一翼を担うまでとなった。

さらに、その内容は当初、色物風であったものの、回数を重ね今では各県知事が公式コメントを発するまでの、大真面目な様相に変貌したわけだ。

そこで我々の施す医療についても、病床整備、緊急医療体制、診療機器の適正配置、医療の有資格者数、教育体制などをさまざまな手法で、供給面より都道府県ランキングが成されている。

そのなか、ずばり医者の充足度を示す人口10万人あたり医師数の都道府県ランキングが毎年、発表され、総合格付けで重視されるようになってきた。

結果は一目瞭然で、常に西ほど多く東ほど少ない「西高東低」の状態である。ちなみに歯科医師についても同様の傾向にある。

最上位から徳島県、東京都、京都府。最下位から埼玉県、茨城県、千葉県。その数は３０４人に対して１４８人とダブルスコアの格差がついている。

医学部を持つ大学の分布に由来するところもあるが、付随して、医師数の充足度に、世帯別保険医療費が合致している。

そこで単なる医師数比較であれば、質より量の指標ともいえるが、地域枠入学、政策目的大学である自治医大の役割などさまざまな工夫が凝らされている。とはいえ、この極端な偏在は問題である。

さらに各専門医の数にばらつきがあり、診療科目の地域格差も存在する。

そして今回の都道府県魅力度ランキング、人口10万人あたりの医師数都道府県ランキングの結果と微妙に一致するところが見える。

魅力度ランキングには地域資源の評価が加味されていると聞くが、医療の位置付けも重要視されたい。

（２０２０年12月）

第3章

人間の本質を考える

２０２１年

これからは普通がいいかも……

試合結果が分かるまでの数日間だけは、新型コロナウイルスの話題が、世界中で落ち着いたかのように思えたのは小生だけでもないように思う。

その試合とは、米国大統領選である。世界一の大国、同盟国の未来4年間の方向性決定とはいえ、投票権を持たない人々が、他国の選挙速報を注視するのは前回以降に思える。

理由は米国第一主義を高らかに掲げ「米国を再び偉大に」と呼号して君臨を続けたドナルド・J・トランプの特異なキャラクターに尽きる。

執政は明らかな得点差が出た後も続き、選挙結果を頑として認めない姿勢により幕引きが長引いたわけだ。

そこで大半の日本人の眼には、往生際が悪いものと映ったが、アメリカでは票数再確認リクエストは、7000万票以上を獲得した候補者であれば当然のことであり、それこそが民主主義と聞く。

とはいえ、11月7日の勝利宣言演説をもって、アメリカ大統領はジョセフ・R・バイデン氏にメンバーチェンジすることとなった。

バイデン氏は、その演説内で「分断させようとするのではなく、結束させる大統領になることを誓う」と表明。そしてバイデンとともに次期民主党政権を率いるカマラ・ハリス次期副大統領候補は民主党支持者に向けて「希望、統合、品位、科学、そして真実を選んだ」と語りかけた。

日米の識者より、実に優等生的な姿勢で、奇をてらわない発言であり、普通の大統領として仕事をするという宣言だと聞くが、米国民も4年間でトランプの振る舞いの「面白さ」に飽きて「普通さ」を選んだに違いない。

選挙システム、国民の興奮具合がまるで違うものの、先行して行われた我が国のトップ交代劇においても、あっという間に、普通っぽい印象の菅義偉氏が総理大臣に選ばれた。

「普通」という単語ほど難しい定義はないが、いまだ収まらない新型コロナ感染拡大により「普通ではない日常」の中、新しい年が始まったわけだ。そこで「普

通の日常」を「普通」の大統領、総理大臣による無難な国家の舵取りを望む。

それにしても随所でリーダーが年寄りになっている。高齢者の手前に位置する小生にとっては励まされるばかりだ。

（2021年1月）

スポーツのユニフォームから考えたこと

全英オープンに続く全米オープンの優勝を、惜しくも逃した女子ゴルフの渋野日向子選手。

卓越した技術もさることながら、満面の笑みが可愛らしい女性だが、女子プロゴルフ観戦の楽しみであるウェアのセンスも光っている。

そこで彼女が無名時代から衣装提供するスポンサード企業が「ビームス」である。

このビームス社。浮き沈みの激しいアパレル産業のなか、８０００億円の売り上げを持ち、日本中のあらゆる主要都市一等地ビル内に大型店舗を構え、吸い込まれるように客が入っている景色は誰もが目にするものであろう。

このような大企業として輸入服店からオリジナル商品も展開。さらには海外進出、オンラインストア開設など、その経営戦略は常に注目を集め、創業一族である設楽親子の成功は『ビームスの奇跡』など多くのビジネス書に記されている。

そこで、小生の自慢話。それは還暦を過ぎた現在でも、体格の限界に危機感を抱きつつビームスの若者服に挑戦しているつもりだが、この会社の原点である原宿の第一号店で開店直後に買い物をしたことである。

渋野選手が生まれる、遥か前の１９７６年。花の大学1年生時だが、流行に敏感な洒落男の友人に連れられての一幕である。

わずか6坪でアメ横の路面店のようであった、その店で購入した横縞のトレーナー（後にスウェットシャツと改名されたが）が、18歳男子であった私の勝負服であったのも、はっきりと記憶している。

よって今でも、ビームスのオレンジ色の袋を持つ若者を見ると、「俺は最初の小さな店から知っているぞ」と心中でつぶやくが、45年前に「いずれ、この店は化け物のように大きな洋服屋になる」と流布し、文書に残しておけば良かったと本気で後悔している。もっとも全く予測もしなかったし、ビジネスに興味もなかったが……。

起業に夢を抱く若者が多いと聞く。そこでビームスの成功は、ファッションの街・表参道地区の先住者ファミリーとしては大きな誇りであるが、一方では消え

ていったブランドやアパレル店舗、飛んだ老舗のほうを数多く知っているのも確かだ。世の中、甘くはない。

不透明ながら東京オリンピック・パラリンピックの開催日が近づいている。そこでスポーツ観戦の際、協賛スポンサーとユニフォームメーカーにも注視しているが、日本企業に頑張ってもらいたい。

小生の疑問。柔道着や空手着で、ミズノ社が強いのは当然である。しかしながら、サッカーの代表ユニフォームがアディダスは許せるとしても、球界の名士と自称する読売巨人軍のユニフォームが、ミズノやデサント、アシックスなどの日本企業でなく、アメリカ製や、野球をしていないドイツ製品であることは解せない。

（２０２１年２月）

誕生日に考えたこと

1月17日に誕生日を迎え、63歳になった。

結構な年寄りだ。周囲の若者には「いたわろう高齢者」と呼び掛けている。

ところで小生の誕生日にはさまざまなことが起きる。

昨年は、前日に新型コロナウィルスの国内感染者が初めて発見され、今日の緊急事態宣言にまでつながっている。

27年前にはロサンゼルス地震が、26年前は阪神淡路大震災が起きた。ともに1月17日早朝である。

そして30年前の1月17日の日本時間朝には、クウェートを侵攻したイラク軍に対して、アメリカを中心とした多国籍軍がイラク全土を攻撃、湾岸戦争が勃発した。

いずれの事象も自分に直接的な危害が及ばず、風化しているが、自身が大人になってからの30年間の出来事である。

新型コロナ感染も、近い将来に終息するであろうが、平和になった時にこそ、危機管理を忘れないよう後進に伝えたい。


全ての国民がコロナ禍を、1年以上過ごす中で、生活スタイルも自ずと変わってきた。

そこでコロナ対応に個人差が大きいことを痛感した。

当然ながら、この世には「気にし過ぎる人」と「気にしなさ過ぎる人」が存在する。そして「大ざっぱ」な印象が強かった人が意外にも神経質であったり、「細かい」と思っていた人が、逆に鈍感であったりと……。このようにコロナが人間の不思議さもあぶり出した。

そして、全ての人にとって初めての経験であり、政治家によるメッセージ発信により行動変容が起きている。

ついに1月8日、2度目の緊急事態宣言に及んだが、街頭インタビューで、市

民は異口同音に発令が遅過ぎたと答える。「ならば、いつ発令するべきであったか」という質問はされないが、私見では年明け同時が正しかったと考える。

数字のうえで、明らかに急拡大したのは、間違いなく大晦日である。ところがテレビは年末年始特番構成を全く崩さずに決行。

なぜ視聴率の高い番組内に危機感を持たせる警告テロップを流さなかったのであろうか。「ガキ使」や「ボクシング」、「芸能人格付け」はスポンサーの存在する民放番組だが、「紅白歌合戦」や「ゆく年くる年」は公共放送だから可能であったように思う。

そして、あれだけ警告しても公道に見物客が集まる箱根駅伝を、甲子園の如く中止にすれば、とてつもない迫力の発信力となったに違いない。

何よりも政治家は専門家の意見に真摯に従ってもらいたい。要するに医者の話

を聞けということだ。

コロナ禍が続き、時に過激な気持ちになる。

（２０２１年３月）

世の中、少々敏感になり過ぎてないかなあ

誰しもが、後悔し反省することとして、他者に対する気持ちの伝え方の失敗がある。

それは自身が過去に放った言動を振り返り、言葉が足りず、伝えたいことが言えなかった。一方、言葉が過ぎて不本意な物言いになってしまった。この二つに大別できるものと思う。

職場の同僚に、家族に、友人に、恋人にと、さまざまなマンツーマンの会話で失敗は起こるものの、多くは、その後の追加、訂正などで、修復可能とも成り得る。特に後悔が残る場面は、結婚披露宴や就任退任などの、お祝いパーティでの大勢に対する御挨拶内の言い過ぎ、言葉足らずにある（弔辞は原稿読み上げなので失言は起こり得ない）。このタイミングを逃したら、生涯にわたって、狙っていた笑いも涙も提供できない場合である。

そこで今回の森喜朗元総理大臣の東京五輪・パラリンピック組織委員会会長と

しての「女性蔑視発言問題」。よくよく聞けば、その内容は大したことがないように感じるが、自分は前時代的な男なのであろうか。

もともと、失言癖が話題になる森氏である。とはいえ、今回の問題発言「女性がたくさん入っている会議は時間がかかる」も前段に「自分も話が長過ぎるが……」とでも入れれば大事に至らなかったようにも思うが、いずれにしても悪意はなかったものと信じたい。そもそも日本で問題視しなければ、決して世界のニュースにまで発展しなかったものとも考える。

その後の記者会見での逆ギレ対応が、さらに事態を悪化させたわけだが、在任中に肺癌治療を受け、人工透析下で生き抜いている83歳の年長者を、国中で総バッシングするのもいかがなものであろうか。

さらに惨めな気持ちを味わったのは川淵三郎氏と思う。元来のスポーツマンで、元総理と違い、全く悪口をいわれてこなかった氏だったが、気が付けばヒーローも84歳。年齢なりに老けた姿と、昭和の俺様スタイルにわずかにがっかりしたのは自分だけではないように思う。

そして五輪レジェンドでベテラン女性政治家である橋本聖子氏に落ち着いたわ

けだが、過去のセクハラ・パワハラ事件を蒸し返され、改めて謝罪する姿は悲し過ぎる。

いずれにしても、招致は感動的であったが、競技場、エンブレム、ボランティア衣装、マラソン会場、そして新型コロナウイルス感染爆発による延期。さらに今回の辞任、辞退、就任までの迷走を見るにつけ、日本はいつの間にか「運のない国」になってしまったように悲観してしまう。

事の発端であるジェンダー問題について、今年正月の箱根駅伝で感じたこと。復路で新鋭の創価大学を10区で逆転し感動の優勝を果たした駒澤大学の名将・大八木弘明監督が放った「いけるぞ！男だろ！いけぇ！」の叱咤激励。ひねくれた視点で考えれば、LGBT（セクシャルマイノリティ）のランナーが聞けば、心底傷つくようにも思えるが……。

何だか、ぎすぎすした時代になった。それにしても菅義偉総理大臣の息子が、結構、軟派っぽいのには驚いた。

退屈しない1カ月であった。

（2021年4月）

断言する勇気

コロナ禍で季節の変わり目、3月11日に東日本大震災10年の式典が行われた。その前後、1週間の集中報道で、まだまだ相当数の被災者が不自由な生活を強いられている現実を知り、愕然とした。

男女、年齢を問わず、10年間という時間の積み重ねは大きい。そこで識者は被害の大きさを決して風化させてはならないと強調するが、ほかにもいろいろなことが発生するので、今後も密度の濃い取材が続けられるとは思えない。おそらく次は20年目が報道のピークであろうが、それまでの10年に加速度的に事態を改善してもらいたい。

大震災被害の中、最も厄介であったのは東京電力福島第一原発事故による放射性物質の流出である。

今でも課題は山積しているが、当時を振り返れば、コロナ禍で脚光を浴びてい

る感染症内科医と発熱・救急外来で働く医療従事者同様、10年前には救急医療とともに我々甲状腺外科医に深刻な問いかけが存在した。

それはチェルノブイリにおける放射線事故の後遺症として最大の問題となった被ばく後の小児甲状腺癌発症への危惧である。

具体的には放射線被ばくによって特異に集積しやすい甲状腺にヨウ素が集まり、その結果、甲状腺に癌が発生するというメカニズムに対する不安である。よって自身も、当時は随分とマスコミや市民公開講座などで、それらの予測について言及を求められた。

その際の回答として「ヨウ素が不足しているロシアの内陸地域に比べ、魚介類を多く摂取し、食塩へのヨウ素添加が義務付けられている日本では、甲状腺に、異常なヨウ素集積が起こり得ないであろう。ただし、チェルノブイリ事故当時の1990年代の甲状腺癌診断医療機器である頸部超音波検査の性能(解像度、記録手段)、手技者の能力が格段の進歩を遂げており、現時点も今後も発見率は高まるはずだ」と断言した。

その後は地道に福島県の甲状腺検査に協力を続けてきたつもりである。

そして今年3月9日、原子放射線の影響に関する国連科学委員会（UNSCEAR）から、東電原発事故について「癌など被ばくと直接結びつく健康影響が将来にわたって認められる可能性は低い」とする正式報告がなされた。

現在までに福島県では、事故当時18歳以下だった子ども約38万人を対象に超音波検査を実施し、これまでに200人超が、甲状腺癌と診断されたものの、報告書は高精度検査によって、従来は認識されなかった甲状腺異常の罹患率が明らかになったためだと追記された。

さらにUNSCEARは、検査しなければ見つからず、症状も起こさないような癌を高精度検査機器で見つけた「過剰診断」の可能性もあるとも言い切ったのである。

極めて小さな新聞記事であり、今回のテレビ報道内で全く話題にならなかった事項であるが、自身にとっては大きなニュースであり、大きな勝利であった。

「過剰診療」「過少診療」。甲状腺癌診療でもコロナウイルス感染防止でも極めて

意味の深い内容であるが、現在、テレビに出てくる医者のうち大半は発言の歯切れが悪い。それらの諸説さまざまが10年後、いかように評価されるのかは予測できないが、公としがらみのない民の先生にはぜひとも断言をしてもらいたい。

（2021年5月）

高校野球に「働き方改革」を見た

春の選抜高校野球大会が催された。

2年ぶりの試合再開であり、全ての高校球児が、のびやかにプレーする様子をテレビにて観戦した。

そして今回より投入された「1週間500球」の球数制限の適用に時代の変化を大きく感じた。

伸び盛りの高校生の健康面を考えれば当然のルールであろうが、一昔前には当たり前であったエースで4番のチーム内唯一のスーパースター選手による勝利は、地区大会での数試合はあり得るであろうが、頂点に向かっては、継投による勝利の方程式以外は通用しなくなった。

実際、ベスト8まで勝ち残ったチームのうち、1、2回戦を一人の投手が投げぬき、完投勝利した高校は奈良県代表の天理高校が唯一であった（流石にエースの達 孝太選手はドラフト候補の最有力と聞く）。

組み合わせ抽選時、どのブロックに入るかにより球数制限に引っ掛かりやすい高校が出るのが不公平であり、再検討も求められているようだが、それらの運不運の事情も含めて、これこそが社会の縮図と解した。

新たな規則である高校野球の球数制限。それこそがまさに、昨今の大人の社会で尊ばれる「職場内働き方改革」の実践に映る。そして自身の立場上、ついつい管理者・経営者目線で見てしまう。

一人の人間に過剰な負担を与えてしまうことを防止する姿勢を、高校野球を介して未来の大人たちに植え付けるのは有意義であろう。

それぞれのポジションにおける守備範囲、チームプレー、団体責任など。高校野球は大人の組織活動に通じる。年間の成績を合算して評価されるプロ野球の世界、そして、あらゆる勝負の場面に存在する、勝ち目のない試合における敗戦処理を担当する投手の仕事など。大人の社会で頻繁に起こり得る辛い仕事を経験するのも将来の糧になり得るであろう。

超一流人がワンマンに牽引する組織よりも、一流人がチームワークを組む組織のほうが屈強なのも、世の常である。

プロ野球ではコロナ禍を勘案し、9回で勝敗が決まらなければ、引き分け終了というルールが導入された。ヒーローなき仕事の存在。これも現実である。

それにしてもアメリカ大リーグでプレーする大谷翔平選手の活躍はすごい。この二刀流スターの活躍にだけは、日米国民が「働き方改革」を忘れて一喜一憂している。

（2021年6月）

灰色の景色

その後、すっかり元気になったが、30歳の長男が幼稚園児の頃、腎臓疾患・ネフローゼ症候群を発症し、半年間の入院が強いられた。

医師であっても、当然、身内の大病に狼狽した。それは、清々しい気候の初夏であったが、晴天下でも周囲の景色が灰色に見えるような不快な実体験であった。

代表作『はらぺこあおむし』で知られるアメリカ人絵本作家エリック・カール氏が最近、亡くなった。報道で、子どもに限らず世界中の人々に夢を与え続けたエリック氏の生い立ちを知った。

アメリカで生まれ、6歳でドイツに移住した氏は、幼い頃から絵画の才能開花があったものの、ナチス政権下のシュトゥットガルトで空爆を回避するための地味な建物に囲まれ、芸術も制限されていた環境下で、明るく平和な世界を夢見ていたという実話だ。

それらの原体験が、色彩にあふれ、多様性を感じさせる作品制作につながった

わけだが、その当時、社会は灰色だったと語っている。

現代人の社会活動が新型コロナウイルスの流行によって大きな制限を受けるようになってから1年以上が経過した。

そこで、難航していたワクチン接種も大規模に始まり、不自由なマスク生活にも慣れてきたとはいえ、現状では感染者数が十分に下がりきらず、重症者数も対応病床数を超え、変異株の暴走が危惧されている状況である。

そのようななか、米国務省も渡航中止を勧告する日本の首都・東京で、待ちわびた緊急事態宣言解除も見送られつつ、世紀の祭典オリンピックの準備が着々と進められている。

「外に出るな。なるべく人と接触するな。笑わずに食べろ」と強いられながら、「世界の国からこんにちは」と外国人が多数、集まってくることが正しいとは、とても思えない。とはいえ、五輪開催の可否を巡って、日本には一切の決定権はないどころか、総理大臣が民意を代表し、中止や延期を求めても全く無駄だという驚愕の事実も知った。

世界中から開催しても非難され、中止しても非難されるであろうが、莫大な放映権収入から国際オリンピック委員会（ＩＯＣ）がアメリカに逆らえず、その言いなりになる日本の姿が、エリック・カール少年が戦時中、アメリカに攻め続けられた当時の同盟国ドイツで見た灰色の景色とだぶる。

コロナで気持ちが暗くなったのかも……。

（２０２１年７月）

1974年（昭和49年）

多くの著書がベストセラーであったジャーナリストで評論家の立花隆（本名・橘隆志）氏が4月30日に80歳で逝去した。政治、医療、宇宙、宗教など幅広い分野の問題を追及し、第一線を走り続け、その類なき知的欲求を幅広い分野に及ばせているところから「知の巨人」のニックネームを持つ氏だったが、なんといっても、その名を轟かせたのは1974年、月刊「文藝春秋」に掲載された「田中角栄研究～その金脈と人脈」であろう。

田中角栄首相失脚のきっかけをつくった世紀の一報の発表時、小生は高校2年生であった。

独協学園で気楽な男子校生活を過ごし、天気予報や社会ニュースには全く関心を抱かず、無論、政治にも興味がなかったわけだが、通学途中に目白の田中御殿があり、毎日、その立派な門扉にマスコミが殺到する姿を見ていた。天皇陛下が浩宮様時代にセキュリティに囲まれつつ専用車で学習院に通学される光景もあり、

その頃の目白通りは実に華やかであった。

とはいえ、無教養な高校生でも、立花隆氏の名前は鮮明に記憶している。その後、極めて単純な汚職であったロッキード事件の真相を書物で知り、いつの間にか英雄となった田中角栄の列伝にも触れたが、改めて注目すべきは取材をまとめた時期の、立花氏の年齢である。なんと34歳。医者の年齢でいえば、やっと一人前かなといわれる年端である。

驚くことに30歳代前半の若者が、現職総理大臣の犯罪を暴いて失脚させたわけだ。その原動となった文藝春秋社、月刊誌「文藝春秋」は硬派な正論誌として、「週刊文春」はスキャンダル暴露の場として健在である。

そして今や文春砲と呼ばれ、有名人の人生を破壊しながら、競合の「週刊新潮」を凌駕しつつ発展中であるが、扱う題材が、立花氏の偉業を思えば、遥かに小物になってしまったように感じる。

1974年以前、自分は、さらにニュースに関心のない子どもであったわけだが、当時は石原裕次郎、長嶋茂雄、美空ひばりの高度経済成長期に人々の心の拠り所であったスーパースター3人に対しては悪口を叩かない、不利益となる記事

を書かないといった掟があったと聞いたことがある（都市伝説かもしれないが）。

浅間山荘事件の解決で学生運動も完全に終息し、バブル景気の始まるまでの、のんびりした時代。１９７４年は時代の転換期であったものかと勝手に振り返る。

いずれにしても昭和が遠くなってきた。


（２０２1年8月）

オリンピック雑感

新型コロナウイルス流行の脅威から、直前まで開催の是非が議論されつつ、1年遅れの、「東京2020オリンピック・パラリンピック」がついに始まった。そこで思い付くままの雑感を記す。

脱稿時の現在は、全く説得力を失った緊急事態宣言下、じわじわと感染者が増えつつある開催6日目である。スポーツ競技会としては、パラリンピックが開会式以後、極めて順調に経過しているものと察するが、世界中からわが国の底力が評価されるのは閉会を迎える9月に入った頃であろう。改めて日本人の几帳面さを認められたいものだ。

そこで、いかなる経緯をもっても、いざ始まってしまえば、都合の悪いことを横にずらし、大勢がオリンピックの自国民勝敗に夢中になってしまうのも、変わり身の早い日本人の気質であろう。

自分が、まともにできるスポーツは、一つたりともないが、柔道、水泳、卓球、

ソフトボール、野球など、おなじみの競技で日本人が大活躍しているのは当然に気持ちのいいものだ。その中、特に興奮しながら観戦したのは、今大会で初採用となったスケートボードとサーフィンである。

五輪の追加競技は国際オリンピック委員会（ＩＯＣ）総会で、世界的な普及度合いや開催国での人気などを考慮して決まるそうだ。

そこで、それ以前にも存在していたわけだが、自身がスケートボードとサーフィンを身近に感じたのは、大学に入学した１９７６年である。当時、いきなり展開したアメリカ西海岸ブームは平凡出版（現マガジンハウス社）が同年に創刊した雑誌「ＰＯＰＥＹＥ（ポパイ）」で仕掛けたものと断言できる。

リーバイスやリーのジーンズ、コンバースやケッズのスニーカー、ＵＣＬＡのロゴマークが入ったステッカーやＴシャツ、今の若者は名称も知らないであろうプカシェル・ネックレス！

皆がハワイや西海岸の白人アメリカンにかぶれていた時代であり、その先にスケートボードとサーフィンが存在していた。

特に通学していた北里大学の所在地は神奈川県の米国基地の街・相模原。決し

て海が近いわけではなかったが、できようができまいが、とりあえず皆が長髪・サーファーファッションに身を包み、車のトランクにスケートボードを忍ばせ格好をつけていた。

正に自分の話でもあり、思い起こすと誠に恥ずかしい限りだが、その軽佻浮薄な若者時代の象徴である両スポーツが、その後に生まれた世代の若者の自然な触れ合いによって、中高年の目前に極めて神聖なものとして、オリンピックの新競技として登場した。

さらには、その両者を日本人がアメリカ人を制してメダリストに輝いたのも感動であった。本物の時代の到来を感じる。

それにしてもバッハ会長は何故に、あんなに不愛想なのか。そして公式のスピーチで日本人と中国人を言い間違えたのは取り返しのつかない失態だ。自身よりも年長のドイツ人。やり手のインテリらしいが、同盟国として一緒に戦争をした歴史を認識したことのない人なのであろうか。

（２０２１年９月）

存在の耐えられない軽さ

『存在の耐えられない軽さ』は冷戦下のチェコスロバキアのプラハの春を題材に1980年代、ミラン・クンデラが書いた小説であり、映画化された作品である。最近、その物語とは全く関係のない出来事を見聞し、すぐさま、このタイトルが頭をよぎった。

それは東京オリンピックを無事に終えた途端、大雨で疲弊する日本国民を笑わせた河村たかし名古屋市長の奇行である。

日頃、何かとお騒がせの多い氏だが、地元出身のソフトボール日本代表・後藤希友選手の表敬訪問を受けた際、カメラ目線で、いきなり無断で金メダルにかじり付いたのだ。

当然のこと、その行為は即炎上。市役所に抗議電話が殺到、その後、「ええ旦那もらって」などの発言がセクハラ認定。直後の謝罪会見は開き直りで、さらに批判の火に油を注いだ次第だ。

メダリストへの敬意、コロナ対策意識、セクハラ認識の欠如が問題視され、即刻辞任しろと言われ放題のうえ、最終的には後藤選手に新しい金メダルが再交付されたわけだ。ここまで気味悪がられ、あまりにも惨めな結末を見た河村市長。そこで特別に同情や救済の気持ちを抱くわけではないが、本人は絶対に悪気がなかったものと確信する。直接お目にかかったことはないが、サービス精神が旺盛な人である。そして選挙で無傷な帝王ゆえに、現在まで何をやっても許されてきたのであろう。

それにしても拙院が名古屋に進出して、16年。数えきれないほどの名古屋人と触れ合っているが、河村市長の喋る「極端な名古屋弁」を聞いたことがない。

そこでお調子者の小生の心の中。恐ろしいことに、このニュースに触れ、年老いた市長の行動原理が十分に理解できる回路が存在している。

周囲の若い女性職員や娘に市長の行動を問うと、異口同音に「キモい」、「あり得ない」と答えが返ってくるが、仮に自分が、市長の立場で、同じ場面に遭遇していたら、サービス精神と捉え、ウケ狙いで周到な心の準備をしつつ同じ行為を

行ってしまうような気がする。

今回、期せずして河村市長が「存在の耐えられない軽さ」に至らぬよう初老の自分に、何かを教えてくれたような気がする。

（２０２１年10月）

気力を失いました

去る9月29日に、4人の立候補者内から岸田文雄議員が自民党総裁に決まった。その瞬間、菅義偉氏は前首相となったわけだが、実際のところ、再出馬を断念した3週間前より、氏の存在感は一気に消え失せていた。

続けるも辞めるも本人の自由だが、決意表明のタイミングは最悪だ。あれだけ世論の猛反対を押し切って強行したオリンピックの後、パラリンピックの閉会式まで、なぜに3日間だけ待てなかったのであろうか。

その表明には「無責任だ」との批判がある一方、コロナ禍に悩み続けたゆえに「気の毒だった」と擁護の声も上がった。それにしても9月3日に元総理が自民党役員会でもらした「総裁選で戦う気力を失いました」という言葉は、あまりにも切な過ぎる。

「心技一体」の言葉通り、政治家の仕事に限らず、いかなる生業も「気力と体力」の絶妙なバランスにより構築されている。そこで頂点を極めたアスリートの

引退時の口上「体力の限界を感じた」と聞くと、なんとも清々しい感を持つが、それは選ばれたエリートならではの言葉だ。凡人の世界では、精根燃え尽き果てたと自信を持って宣言できるような美しい終焉は存在しない。「気力はあるものの体力がなくなった」と「体力はあるものの気力がなくなった」。果たして、どちらが辛いのであろうか。

小生、まだまだ頑張りたい年頃だが、還暦を過ぎ、時として、どちらかに自信がなくなることがある。休養も取りながら、上手に年を重ねたいものだ。菅前総理は実に正直な人だ。

10月1日から、東京都でようやく緊急事態宣言が解除された。皆がその瞬間を待ちわびていたわけだが、自分の生活軸では、いったい何が変わるのであろうか。エッセンシャルワーカーといえば格好がいいが、テレワークになじみにくい医療従事者の仕事に区切りは全く存在しなかった。

よって最も大きな変化は、路面店で昼間から夜8時まで堂々と酒が飲めるという話に尽きる。

そのようなところ、不摂生の代償として主治医から禁酒の指示を受けた。なかなか完全な順守はできないものの、酒飲みが酒を飲めない現状は本当に辛いものだ。一方、下戸の人が人間付き合い上の酒席で、酒を飲まずに酒飲みと酒場のはしごをするのも相当に苦しい現実と察する。

「飲めるのに飲めない」、「飲みたいのに飲めない」。こちらは、果たして、どちらが辛いのであろうか。

ところで政界きっての酒豪として知られる岸田文雄新総裁。氏のプロフィールで、複数のメディアが開成高校卒業後、東京大学受験に3回失敗し早稲田大学法学部に入学したと紹介されているが、夢が果たせなかった浪人の内容が学歴になるのであろうか。第一、難関の附属高校のある名門私立大学に失礼過ぎやしないか。

どうせなら小生も一回は、東京大学医学部を受験しておけばよかった。

忙しい9月であった。

（2021年11月）

究極の恋愛結婚

いつの頃か、月刊誌「文藝春秋」を定期購読するようになった。よって本年11月号に投稿された矢野康治財務事務次官の投稿「財務次官、モノ申す〜このままでは国家財政は破綻する」は、話題となる前に通読していた。

内容は、膨れ上がる国の借金の現実を無視し、衆議院選挙に向かって各党政治家が「ばらまき」を人気取りの手段にしてもいいのかと提言したものである。

与党政治家とのしがらみが多いと思われる現役の官僚トップが正直な気持ちを吐露したわけだ。

いかなる時代にあっても、国家の近未来予測は難しいところであるが、これは勇気のある発言である。

秋篠宮家の長女眞子様と小室圭さんの記者会見は迫力だった。

日本古来の皇室公式行事を一切払拭し、私人として挑まれた舞台。まさに場当

たりが許されない現況に立ち向かう元皇室の肉声には、前述の財務官僚同様、妥協の無さ、覚悟を感じた。

古今東西、結婚は人生の一大事であるが、お二人の御結婚は、あっさりと決まる見合い結婚の対極に位置する「究極の恋愛結婚」であろう。

皇室の立場という特殊性を排除すれば、男女がともに通うキャンパスで偶然に出逢い、恋愛から結婚につながるといった事例は自然であろうが、これらの恋愛結婚には外野の小言もつきものである。

とはいえ、一般人同士の男女交際障壁となる周囲からの反対意見は、親、兄弟、友人といった身近な人間からの陰口である。

それが、お二人にとっての批評者は、自分たちとは全く無関係な人々である。秋篠宮殿下の「多くの人から祝福を受けるような」というお言葉。年頃の娘を持つ親としては当然の心境であろうが、「多くの人」はすなわち「多くの国民」を指すわけだ。

ソーシャルネットワーキングサービス（ＳＮＳ）の存在が、お二人の「会えない時間が愛育てるのさ」のであろうが、自分たちとは全く無関係な世界中の人か

ら寄せられるＳＮＳを介した陰口に傷付かれたのも、今の時代である。

会見当日には、誹謗中傷意見が多過ぎ、ＡＩがネット掲示板を緊急停止させたと聞くが、人工知能にこそ良心があったのであろう。

それにしても晴れて、眞子様の姑となった小室圭さんの母親の元婚約者Ｘとは、いったい何者であろう。

離婚には、慰謝料や財産分与などの生臭い法的な金銭授受が発生するわけだが、婚約者同士で借金か贈与かという揉め事が起きるのが不思議な限りだ。

（２０２１年12月）

第4章

日本は何処へゆく

2022年

宮古島への人工呼吸器寄贈

ロータリークラブは世界中にネットワークを持ち、多岐にわたる社会奉仕を行っている。

そこで今年、所属する東京ロータリークラブの奉仕活動として、ノーザリーメディカル株式会社の小林祥社長と協力し、新型コロナウイルス感染拡大で医療ひっ迫に陥った沖縄県宮古島に人工呼吸器寄贈を果たした。

最新型の呼吸器3台は、世界最悪の感染地とも報じられた宮古島の第5波を乗り切る際、大いに役立ち、地元のニュースなどで多数の取材を受けた。

ここまでの文章であれば、いろいろあった1年間、一つだけは善行を果たしたと締められるわけだが、命を救う寄付行為は、決してスムーズには進まず、随分と難航した。

人工呼吸器寄贈は誰がどう考えても清らかな行為である。そこで宮古島で歓迎されたことはもちろん、ロータリークラブの会員も、企業経営者である小林氏も

慈悲の精神で挑んでいるにもかかわらず「前例がない。ロータリークラブは医療機関ではない。目的を明確にしろ」など、小さな行政機関の一担当者が首を縦に振らず、恐ろしいほどの労力と時間を費やした。

ようやく到着した当日より呼吸器がフル稼働されたことが、ボランティア活動の意義を証明したが、有事の際の行政の振る舞いに、フレキシビリティのなさ、心の通じなさを感じ、大いに問題意識を持った。

とはいえ、今回のミッション参加に当たって、都会で引き出しの狭い専門診療に励む医者の日常では決して遭遇しないであろう、素晴らしい善医に出会うことができた。

その人は、旧知の仲である琉球大学内科 益崎裕章教授が引き合わせてくれた沖縄県立宮古病院の本永英治院長である。

現在、わが国には80校余りの医学部が存在し、毎年約8000人以上の医師が誕生している。とはいえ、今回のような有事の際に限らず、慢性的な地域ごとの医療提供体制の格差が問題視されているが、驚くべきことにこれらの状況に陥ることは半世紀以上前に危惧され、政策目的として自治医科大学が開校されていた。

47都道府県それぞれ2人が選ばれ入学し、卒業後の一定期間は僻地診療が義務付けられる教育、卒業生の責務は特異であり、世界中に注目されている。

本永先生は自治医大初期の卒業生であり、自身の専門領域であるリハビリテーション医療を修練した数年間以外の医者人生を全て沖縄県で過ごし、故郷である宮古島で県立病院に勤務、臨床現場から管理までの激務に従事している。

その活躍は、地域医療に多大な貢献をもたらす医師を表彰する地域保健医療研究奨励賞、地域医療貢献奨励賞を受けていることが証明しているが、医師である以前に故郷をこよなく愛し、方言を学び、自然を愛し記録に残し、民謡・古謡を弾き唄うといったスーパーマンである。

個人病院とは対極に位置する自治体病院であるが、その存在意義、運営状態が問題視されるなか、尊い同志に出逢い、充実した月であった。

（2022年1月）

早期発見

自身の話である。「医者の不養生」を地で行くような暴飲暴食の日々を続けているので、胃腸の検診だけは必要以上に受けるよう心掛けている。

そのなか、2年前より存在し、要注意であった食道病変が昨年9月の内視鏡検査で癌に変化しているのが判明した。

覚悟はしていたものの、これには流石に驚いた。日本人の二人に一人は何かしらの癌に侵されるという事実も理解していたし、甲状腺癌のインフォームドコンセント（説明と同意）を果たすのが日常である医者だが、当然、自分事として目の前が真っ黒になった。

幸い極めて初期の癌であり、1ヵ月後に受けたＥＳＤ（内視鏡的粘膜下層剥離術）をもって完治したが、手術後の病理検査が明らかになるまでは本当にドキドキであった。

消化器病の診療にも携わっていた30年前、食道癌の存在が判明したことイコー

ル死の宣告であったことを思い起こせば、その間の目覚ましい医学の進歩に命を救ってもらったわけで本当に感謝である。

そこで今回の体験より、身をもって提言したいのが「早期発見」である。

昨年は、コロナに始まってコロナが終わらないような1年間であったが、この不気味なウイルスの功罪は計り知れない。

その中、無視できない事実として、コロナによる受診控えによる疾病の発見の遅れや、持病の悪化がある。

実際に医療関係者に対して行ったアンケートでも、受診控えによる健康状況の悪化が明らかになっている。

癌や心不全の進行、重症化の事例や、検査の延期、服薬の中断によって心疾患、糖尿病などで病状が悪化する事例が多く寄せられ、特に高齢者については、外出控えによるADL（日常生活動作）の低下や認知症の進行例も目立ってきたといわれている。

歯科領域においても、口腔状態の急速な悪化や、子どもの虫歯が増える傾向な

どが指摘されている。

以上のような現状が危惧されたうえで、厚生労働省が昨年8月下旬より、ホームページや政府広報を介して、必要な受診の周知に向けて動きだし、都道府県に対しても周知するよう、通知を発しているが、これらは本当に大事なことである。「正しく恐れろ」というキャンペーンもあったが、コロナを過剰に恐れるばかりに、もっと恐ろしい病気が見逃されたならば全く洒落にならない。

急いで治療をしなくても問題のない疾病も存在するが、認識をすることは大切である。

「早期発見」の重要性を知る年頃を迎えたわけだが、自身で癌治療を経験したことをきっかけに患者様には、まずは命に関わる状況か否かを、はっきりと明言することとした。

そして「不要不急」といえば、そもそも必要のないものとイメージされるが、確かに「不急」な診療はあるものの「不要」な医療行為は存在しないことを強調したい。

それにしてもコロナ禍の2年間。世の中で楽しいことのほとんどは「不要不急」な行為内にあるものと知った。今回の自身の疾病罹患も「不要不急」を楽しんだがゆえの結果であろう。

（2022年2月）

上手に滑るスキーヤー

北京オリンピックが目前に迫っている。

雪上スポーツが好きな小生はアルペンスキー、スキージャンプ、フリースタイルスキーモーグル、ノルディック複合、スノーボードなどを夢中になって観戦するつもりだが、それらの五輪種目にはないものの極めて興味深いスキー競技も存在する。

それはスキーの総合技術を競う「技術選」である。

具体的には、整地と不整地で構成された同一斜面を競技者が一人ずつ滑走し、「設定された斜面に対してどのようなターン弧を描いてくるか」「どれだけスキー板の性能を引き出すことができているか」を複数の採点者がジャッジし、その総合点で競い合うスポーツである。

技術選は早さや高さだけで競われるわけではなく、上手さを評価する競技であり、極論すれば「ゲレンデで一番上手いスキーヤーを決める大会」である。まさ

に「スキー・オブ・スキー」といえるであろう。

現在、全日本スキー連盟（SAJ）が運営する地区大会が開催され、3月の全国大会で日本一のデモンストレーターが選出されるわけだが、この競技は本当に見応えがある。

興味を持ったきっかけは、定期的に通う札幌でのプロスキーヤー井山敬介氏との出逢いである。もともとはワールドカップにも出場したアルペン選手であるが、技術選に転向した後、日本一に君臨し続ける王者である。

そして、井山選手の教え子であり、全国大会でベストテン内に入る日本体育大学大学院生の勝浦由衣選手にもエールを送っている（凄くチャーミングな女性である！）。

自身はスキーを生涯スポーツと捉え、還暦を迎え、久方ぶりにゲレンデに立ち、幸運にも二人と一緒に滑る機会を得た。そして当然に上手いわけではないが、すっかり、その気になっている。

上手いスキーヤーは力強さ、美しさ、速さとすべての技術を備え持ったジェネラリストである。

ぜひとも国際競技としてメジャーになってもらいたい。

医療従事者の特権で早々と3回目のワクチン接種を受けた1週間後に、言葉に表しようのない倦怠感を自覚。その際には平熱であったが、1時間後に熱発。翌日のPCR検査陽性で新型コロナウイルス感染が明らかとなり、現在、自宅療養中である。

不覚であるが、残りの静養期間は冬季オリンピックを存分に堪能しようと思っている。

人生いろいろだが、上手にスキーを滑り、上手に生きたいものだ。

（2022年3月）

北京冬季オリンピック雑感

随分前のことだが、フランス人同業者と話した内容が忘れられない。医者が集まる国際学会の公式言語は、もちろん英語であるが、アメリカ人やイギリス人など英語圏の人々同士が、本気で早口の質疑応答や討論をしているとなると、読解するのが面倒になるという。英語以外の母国語が存在するドイツ人やイタリア人、スペイン人なども同様だとも知った。

当たり前のことであったが、西洋人であれば皆がネイティブな英語を操り、中国人や韓国人、タイ人などのアジア人も自分たちより語学堪能と思い、国際学会参加のたびに十分な表現ができず、無力感を覚えていた自身は、フランス人の本音に何ともいえない安堵感を持った。

そこで今回、国民を最終日まで夢中にさせたカーリング競技。日本人チームの大健闘に興奮し、懸命な姿や笑顔に元気付けられたが、ここまでダイレクトに選手同士のやりとりが、直接言語で聞けるスポーツはない。

今回のカーリング会場は夏の競泳用プールを改造したもので、4レーンが設定されている。そして私たちは日本戦の放映を日本語の解説を聞きながら見入っていたが、予選で同時進行されている場合は、会場に最大8言語が入り乱れ、参加国のテレビ中継では、それぞれの母国語放送が実践されているはずだ。懸命に戦っている選手たちのコミュニケーションツールは当然、母国語である。フランス人医師の話を思い出すとともに、改めて地球の広さを知り、言語の多様性を知らされた。

高梨沙羅選手が本当に気の毒であった。スキージャンプ混合団体で、スーツの規定違反により1回目失格となり、しゃがみこんだまま泣き崩れる姿は誰もが正視できない姿であった。そこに、たまたま通りかかったドイツチームの理学療法士女性が、高梨選手に近寄り、肩に手を添え、言葉をかけた後、ティッシュペーパーを渡して慰めたと、日曜夜の人気報道番組のスクープで知った。当たり前のことをしたという理由で、その女性には取材拒否をされたにもかか

わらず、オリンピックならではの光景として紹介されていた。

これはいかがなものであろうか。職責として長時間にわたって動画を撮り続けるカメラマンの気持ちは分からないが、その際、高梨沙羅選手は、自分の姿を誰にも見られたくなかったはずだ。

無理やりの美談仕立てに嫌悪感を抱いたのは小生だけであろうか。

さまざまなスポーツ競技があるが、ビーチバレーとカーリングは男子の試合は見なくてもいいかな……とも思った。


（2022年4月）

プロの仕事

コロナ禍にさいなまれる生活により、社会全体に重苦しい閉塞感や漠然とした不安が蔓延しているが、何だか、それも当たり前かのように思えてきた。

そのようななか、友人に誘われ、久しぶりに大きな会場での音楽会に行く機会を得た。

２０１１年に甚大な被害をもたらした東日本大震災で被災した子どもたちを救う目的で企画されたものであり、作曲家の三枝成彰氏と作家の林真理子氏を中心とした篤志家が尽力し、サントリーホールの厚意で11年続く素晴らしいコンサートである。

「全音楽界による音楽会」と題された、その演奏会の内容は、まさに読んで字の如くであった。オープニングの谷村新司氏から始まり、締めを務める五木ひろし氏までの間、そのレパートリーは実に多岐にわたる。歌謡曲、クラシック、フォークソング、シャンソンまでと、無償で参画したさまざまなジャンルのアー

ティストが、マイクパフォーマンスなしに、3時間にわたり、それぞれの代表作を一曲だけ披露し続けるといった粋な演出であった。

出演者全員が、単独のリサイタルを開催する実力者でありながら、観客は全員マスク着用が義務付けられ、感動は拍手のみで歓声は御法度のルール下、当然なこと、一曲のみの鑑賞が不完全燃焼に陥らせた。

とはいえ、それぞれの分野での第一人者が持つパフォーマンスには心底圧倒された。お披露目される楽曲は、いずれもソロコンサートのラストやアンコールで提供される代表曲で、大概がスローで抒情的な作品である。

それらは、出演者が目をつぶっていても、他のことを考えていても完璧に歌え、演奏ができるほど、練習や本番を重ねているはずだが、それにしても「一球入魂」で、感情移入し（あるいは、そのように見せて）聴衆の心を揺さぶる術には、ライブだけに圧倒された。まさに「プロの仕事」である。

音楽鑑賞や演劇鑑賞と同様に、スポーツ観戦も、時間とお金さえ費やせば、気軽にプロ選手の活動を肉眼で見られるのは大都市圏で暮らす人間のアドバンテージだが、小生は野球場でプロ野球を観るたびに同じ感情を抱く。

小さい頃から音楽やスポーツで、守備範囲を守り切りプロフェッショナルとなった人々は、いかなる舞台やフィールドであっても瞬時に仕事モードに入り、伸び伸びと責務を果たすのであろう。

離れた場所での理不尽な戦争が続いているが、プロの軍人が務める仕事モードを思い描くと恐ろしいものがある。

（2022年5月）

ロシアのウクライナ侵攻から感じること

拙院の医家ルーツは、太平洋戦争抜きには語れない。

昭和20年の話である。母方祖父が創業した伊藤病院は、新築直後に、アメリカ軍の空爆により完全焼失した。同時期、開拓民として満州国の安東市（現・丹東）で西川醫院を開業する父方祖父は、ソ連軍（現・ロシア軍）の侵攻によって建物を失った。

もちろん、自身が生まれる前の話であり、その時点での景色は見ていないが、悲惨な状況であったことに間違いはない。

侵攻から2カ月を超えた。そこでさまざまな情報が錯綜しているが、テレビやネットを見ても、戦争の風景が当たり前になっている現状が恐ろしい。

ウクライナからの降伏がなされない限り、終結の見当がつかないところだが、世界中のニュースメディアでのトップ扱いは、いつまで続くのであろうか。

戦争の影響で、物価が変動したり、かにが食べにくくなったりと生活の変化は

あるものの、まだまだ遠い国の話だ。
そこで、この戦争は、それぞれの国との距離感があり、報道の扱いが各国によ
り、かなりの違いが存在するであろうが、テレビを見れば、うんざりしていたコ
ロナウイルス関連の話題は、自然と萎み、感染症専門医の出番が、そのまま軍事
評論家の解説に置き換わっている。
自分たちの国に限れば、いつまでも平和な時代が続くことを願うばかりだが、
この戦争は未開拓な地域での小競り合いではない。
生まれる前に、満州から本土への引き揚げ船が沈没し、父方の祖父母と叔母が
亡くなったと知らされてきた。
今、行われている戦争の惨状は決して他人事ではない。まさに77年前の日本の
姿そのものであることを深く認識し、防衛も考えていくべきであろう。

（2022年6月）

憂鬱な5月

本来、好きな季節だが、今年の5月は大型連休中も含めて悪天候が多く、さえない気候であった。

重ねて自身の体調もなんとなく「いまいち」であった。

正式な医学病名ではないものの、「5月病」という病態は有名である。

ゴールデンウィーク後に、学校や会社に行きたくない、なんとなく体調が悪い、授業や仕事に集中できないなどの状態を総称して「5月病」と呼ぶ。

やる気が出ない、食欲が落ちる、眠れなくなるなどの初期症状をきっかけとして、徐々に体調が悪くなり、欠席や欠勤が続くなどの悪循環である。

1987年の話である。当時29歳の青年医師であった小生は消化器外科の研修で池袋の平塚胃腸病院に勤務していた。

そこは伊藤病院同様、底抜けに明るく、宴会好きな職場であった。任期中、周年記念の飲食店を貸し切り行われた宴席が印象的であった。

ロマンス通り沿いの地下にある「恋泥棒」という名のスナックで、イメージ通りの昭和の酒場景色だ。その際のゲストがブレーク前の「ダチョウ倶楽部」の3人であった。

熱湯芸やおでん芸お披露目の遥か前の時期であったが、とにかくテンポ、内容全てが面白く、仲間と大爆笑をしたことが今でも忘れられない。その後に大物芸人となっていく彼らをテレビで見るたびに、まだ売れる前であったトリオの存在を知っていたのが、自分の小さな宝物であった。

憂鬱な5月、メンバーの上島竜兵氏が自ら命を絶った。遺書は残されていないようだが、コロナ禍で生活のリズムが変わり、ふさぎ込んでいたと聞く。

5月病の原因はストレスで、進学や就職、転居などで新しい環境に変わる人が多いわけだが、新入生や新社会人、転職者に限らず、燃え尽き症候群（バーンアウト）のような状態など、誰にでもかかり得ると知った。

重症の場合は適応障害やうつ病につながりやすいが、このような人は、性格的に几帳面で真面目、責任感があるといった特徴がある。周りの人に協力を求められず、一人で問題を抱え込み、全てを解決しようと試みるのが命取りになり得る

わけだ。

気負い過ぎずに生きること、60歳を過ぎてから心掛けているつもりだが、何とも鬱陶しい日々であった5月。

池袋の夜以来、直接の付き合いがあったわけではないが、同年代の成功者の自殺報道は悲し過ぎる。

人気者・上島竜兵さんの御冥福を祈る。

（2022年7月）

すぐに忘れてしまう

人間の性質の一つに忘れてしまうことがある。予測不能な事柄を見聞した際に受けた衝撃は次第に和らいでいく。時には、その時間軸が、あまりにも短すぎることがある。特に自身に直接関係のない事象であるほどに。

ウクライナへのロシアによる侵略が続いている。いまだ終結の目途が立たない状況だ。それによって世界規模の物価高が生じているが、その原因である戦争への言及が薄れている。

誰もが早く停戦し、自国の経済が安定することを望んでいるわけだが、直接的な被害がないことと、当初のリアルな現場報道が段階的に縮小してきたことにより、対岸の火事として日常化している。

極めて短時間の通信トラブルにより生活必需品である携帯電話やノートパソコ

ンが機能不全となり、市民生活に想定以上の大きな不便が生じた。直後にはライフラインの停止かのような一大事となったが、すぐに収まった。

そうなれば、その後の経緯、再発防止についての報道は全くなされない。機械に故障はつきものと達観すれば、みずほ銀行のＡＴＭ障害のように忘れた頃に再発するのであろうか。

戦争もなく、世界一平和で安全な国家と信じられていた日本において、白昼、公衆の面前で、選挙演説中の元内閣総理大臣が、至近距離よりの自家製兵器で銃殺された。

誰もが言葉を失った事件だ。直後にはマスメディアから犯行動機は「民主主義への挑戦」「暴力による言論封殺」などと、論理的な原因追及が一斉になされたが、真実は「特定の宗教団体に対する敵意」であった。

そして、その団体名が明らかになるにつれ、かつて問題視されていた統一教会が世界平和統一家庭連合と名称変更し、変わらぬ熱心な宗教活動が行われていることを知った。まだ存在していたのだ。さらには、教団と自民党代議士との密接

な関係が次々と明らかになっているが、こちらも、そのうちに忘れられてしまうのであろうか。

そして突然の死を遂げた安倍晋三元総理の偉業に感謝し、全国民が哀悼の意を捧げていた時からわずか2週間後には、「国葬は大袈裟過ぎる、値しない」といった冷静かつ醒めた世論が沸き上がってきた。

なぜに「非業な死を遂げたからこそ特別な葬儀を行う」と自民党は野党をねじ伏せなかったのであろうか。一般人の不幸も、直後の葬儀に比べ、日数が経過したうえで行われる「お別れの会」では悲しみの度合いが違う。9月には諸外国から要人慰問客が大勢来日するわけだが、国民が白けていないよう望む。

6月後半の記録的な猛暑で節電が呼びかけられ、熱中症予防のためにマスクは随所ではずすよう推奨されたところで、忘れたかったコロナウイルス感染が、いつの間にか増加し、第7波として猛威を振るっている。

このように目まぐるしく世相の主役が変わる日々の中、フィギュアスケート競技の絶対的王者であった羽生結弦選手のプロ転向を表明する会見が開かれた。突然の開催であったが、北京オリンピック終幕後の半年間、じっくり考えた末での決意表明であろう。

羽生選手の偉大な業績は説明するまでもないが、会見は絶妙なタイミングで行われた。

決して忘れられることなく、フィギュアスケート業界が盛り上がることを望む。

（2022年9月）

64回目の夏に感じたこと

夏真っ盛りの8月4日、神宮球場でナイター観戦をした。

毎シーズン、この地元球場を訪れるが、その日は、ただ座っているだけで汗だくになる猛暑であった。

そこで周囲を見渡しながら感じたことだが、日本人の普段着が随分と気楽になってきた。昔の野球場観客席は仕事帰りの襟付き白ワイシャツ姿の中年男性ばかりであったように思える。実際に白黒画像を見れば、スタンドのほとんどが白一色であった。

いつ頃からであろうか。野球場に限らず、日本人の夏の服装が格段とラフになってきた。子どもはともかくとして海辺の街以外、都会で大人の男性が半ズボンを履く光景はなかったように思える。

そのようなことを考えながら観戦しているうちに、現在、三冠王に向かって驀進中であるヤクルトの4番バッター、村上宗隆選手が連続ホームランを放った。

それはプロ野球史上初の5打席連続ホームランであった。直後の打席も長打であったが、二塁打に皆がため息をついた。

今後、簡単に破られないであろう歴史的瞬間の達成を目の前にし、まさに暑くて熱かった夜であった。ヤクルト応援用のビニール傘を持参していて本当に良かった。

翌日のスポーツ新聞で見たパシフィックリーグ・ホームランランキング、埼玉西武ライオンズの山川穂高選手のコメントが粋であった。ライバルの偉業を称えつつ「リーグが違うので、どんどん打ってください」。こういう洒落が言える日本人が増えると楽しいものだ。

村上も山川も、無論、高校球児であったわけだが、夏の甲子園の景色は変わらない。

さまざまな緩和策がなされているようだが甲子園の高校野球応援はすごい暑さであろう。

そこで男子高校生の制服をポロシャツに半ズボンにしてはどうかと考える。日

本ではユニクロのエアリズムという機能性ウェアが発明されたわけだし。

終戦を考える季節の全国行事だけに、坊主頭や空襲警報に聞こえる試合開始のサイレンが学徒出陣の悲しい過去を連想させる。

それにしても日本人アスリートの体格が格段と良くなってきた。メジャーリーグでの大谷翔平選手の１９３センチは特に圧巻だが、いつの間にか日本のプロ野球を観ても、外国人選手たちが特に大きな人に見えなくなってきた。

高校生ゴルファー・馬場咲希選手が全米女子アマチュア選手権を制した。こちらも大変な偉業であるが、勝因には１７５センチの長身が振るドライバーの飛距離と報道された。

日本人の形容に「恵まれた体形を活かして」と記される時代が到来するとは驚きだ。敗戦国の悲哀を払拭させてくれる話だ。

体格が立派なほど、洋服が似合うわけだが、東京オリンピックの汚職事件は情けない限りだ。

公式ユニフォームは全く印象に残らなかった。嫌味がなかったのであろう。と

はいえ、日本には優れた洋服ブランドが存在するのに、なぜに安売り紳士服チェーンが席巻したのであろうか。

豪邸からマイバッハで出頭した慶應義塾幼稚舎上がりの高橋治之元五輪組織委理事。見るからにダンディな男だが、育ちは奇麗なものの、お金には汚かったのであろう。

（2022年10月）

秋の夜長

34年前、東京女子医科大学病院で働いていた時代の景色である。現在は巨大なマンション群に変貌しているが、当時、病院の隣地はお台場に引っ越す前のフジテレビであった。

そのような派手な影響下、同院には有名人の入院も多く、時折、報道陣のカメラフラッシュがたかれる中を居合わせた通行人の拍手と病院関係者の花束贈呈に見送られながら退院する芸能人の姿に遭遇することがあった。

大都会の病院で働く高揚感を味わう体験でもあった。そして、天気の良い春先に、大物演歌歌手が出産したばかりの赤ちゃんを抱っこしながら、笑顔で退院取材を受ける姿を目にした。

その時、新米医師の小生はインドネシアのお金持ち患者の検査移動で車椅子を押していた。今でいうメディカルツーリズムである。そこで日本人なら誰もが知る演歌歌手を当然、インドネシア人患者は知らず、「彼女は何者か？」と問われ

た。

「大物歌手だ」と答えたところ、「彼女はどんな種類の歌を唄っているのか？」と聞かれた。

即座に「ジャパニーズ・エモーショナルソング」と応じ、次に問われた、その内容を「トラブル・オブ・マンアンドウーマン」と答え、十分な理解を得られたような気になった。

誠にプアな英会話であったが、インドネシアにも同様な歌曲、歌手はいるのであろうと解釈した。

ここ数年の気候変動で長引く夏気候から一気に晩秋の景色に変化するようになった。そこで小生は少し鬱気味になり、演歌や切ない歌詞のＪ－ＰＯＰが恋しくなり、夜中、一人で聞き入りながら酩酊、涙する悲しい趣味に没頭している。

シャンソンやジャズ、ソウルミュージックも然り、歌詞がダイレクトに伝わらない楽曲でも、秋の夜長は失恋をイメージするバラードがよく似合うものだ。

プールサイドやスキー場で心地良く聴き入るアップテンポのリズム曲とは違うものだ。

ラジオから流れる音楽に季節の移ろいを感じ、ジーンと来ることもあるが、スマートフォンの音楽配信サービスをスピーカーにつなぐと、見事に自身の年齢に合致した、しんみりソングが延々と流れ続ける。

恐るべき人工知能（ＡＩ）の力だ。

ただし体に悪い趣味でもある。深夜のウイスキーロックが美味しいし、禁煙に努めているはずが、ついつい煙草を手にしてしまう。

コロナ時代で定年年齢に近づいた爺さんの気持ち悪い妄想体験であろうか。

クリスマスが近づくと気ぜわしく心が躍るものだが、長い夏が終わり、一気に秋になるこの季節、なんだか打ちひしがれる気分になる。

ちなみに女子医大で出産した森昌子に抱っこされていた赤ん坊は、現在、活躍中のＯＮＥ ＯＫ ＲＯＣＫのボーカル、Ｔａｋａである。

（２０２２年12月）

4年間と90分以上

世界中がサッカーに注目している。

そこで「にわかファン」である小生においては、中田英寿や本田圭佑などの有名選手は出場していないし、コスタリカはともかく、ドイツとスペインというヨーロッパの強豪国には流石に勝ち目はないだろうと、さほどの胸の高まりは感じていなかったが、始まってみると初戦がすご過ぎた。

かつての同盟国ドイツとの闘いであったが、遥かに格上のチームに対して、交代で入った選手たちが大活躍を果たし見事な逆転勝利を収めた。

一人で興奮し、アディショナルタイムは何とか無事に試合が終了するようにと、ベッドから飛び起き、正座で祈りに入った。

サッカーに限らず、プロスポーツ選手が活躍できる年限は短い。

オリンピックも同様だが、4年置きに行われる国際試合に5回も6回も続けて出場できるアスリートは、そうはいない。

現に今大会においても日本人選手のうち半数以上は初出場と知った。幼い頃からサッカーボールを蹴り続け、鍛え上げられた肉体を持つ屈強な男たちでも体力の限界を知らなければならないのであろう。

そこで一般社会に置き換えてみると、いかなる職種においても成長、成熟、そして退化が存在するが、大人が同じ仕事を繰り返している限り4年で仕事の成果が大きく変わることはないと思う。

とはいえ、最近、新型コロナウイルス感染を挟んで、久しぶりに会った年長者の容姿、立ち振る舞いを見るにつれ、この人、弱ったなあと感じざるを得ないシーンに、しばしば遭遇する。４年も経ってないのに。

週刊誌の健康関連記事を見ると、そのタイトルが「80歳の壁」から「90歳の壁」、「１００歳の壁」にとハードルが高まっている。

そういえば、サッカーの試合時間は90分プラス追加タイムだ。まだまだ人生を楽しみたいものだ。

人の一生をサッカーに例えれば、試合中のメンバーチェンジは存在しないが、広大なピッチの中、いつも一人の選手が全速力でボールを支配しているわけでは

ない。

自身の現在、後半戦であることは間違いないが、まだまだパスもほしいところで上手に戦い切りたいものだ。

そして4年後を見据えて生きていくのも悪くない。

それにしても解説者としてテレビ出演するプロサッカー選手OBたちは、なぜに皆、あか抜けていて格好いいのか。

もともと素敵だったのと、引退後の人生も輝いているからであろう。

（2023年1月）

喧嘩を売られない国家に

２０２２年も残すところわずかとなった脱稿時。１年間を振り返る。

昨年、一昨年ほどの脅威は薄れてきたものの、新型コロナウイルスの感染流行はいまだに収まらない。それにしても日本人はマスクに対して真面目だ。屋外ゴルフ練習所でも大勢の人がマスクをしながら球を打っている。サッカーワールドカップやフィギュアスケートの国際試合を見れば、場外で日本のマスコミ陣だけが律儀にマスクを装着している。

来年こそはぜひとも、この息苦しい光景から脱出したいものだ。

突然に始まったロシアのウクライナ侵略。終息の気配は一向に感じられないが、この非情な戦争が始まったのも今年だ。いまだ要因を解読できないが、ヨーロッパの冬はいっそう寒くなっているようだ。世界平和は人類皆が望むところである。１日でも早く終わってもらいたい。

元首相の暗殺もショッキングであったが、ネットには被告である山上を「山神様」と称賛し擁護する書き込みがあると聞く。ヤクルトスワローズの村神様に失礼だし、SNS上でだけで不謹慎な主張を果たす輩は許せない。

このように、なんとも予測不能で不穏な日常が続くところ、今年の漢字一文字は「戦」。

そして直後の12月16日、国家安全保障戦略、国家防衛戦略、防衛力整備計画の3文書が閣議決定した。

当然のこと、野党は猛反対。与党内でも賛否両論の議論が高まっているわけだが、今回の岸田文雄首相の演説は猛々しく頼もしい限りであった。

小生が務める病院管理は危機管理が日常である。まともな病院経営者であれば、「万が一」の有事が起こらないよう費やす費用は決して惜しまないはずだ。

わが国の置かれている立ち位置を現実的に見据えれば、空恐ろしい未来が、ひしひしと近づいているように思える。

最強のボクサー・井上尚弥に喧嘩を挑む人間はいないであろう。国防の本義を考えれば、他国に対して決して喧嘩は売らないが、喧嘩を売られないような強い

国家であれば、喧嘩を仕掛けられることはないという備えと単純に解釈している。税金を喜んで払う人は見たことがないが、無駄な箱物建築よりも戦争回避に使われるほうが、遥かに有意義に思えるのは自分だけであろうか。

２０２３年が良い年になりますように！

（２０２３年２月）

あとがき

同世代のベストセラー作家・百田尚樹氏が本音で書き下ろした『橋下徹の研究』（飛鳥新社）を直近に読んだ。

帯には「橋下さん、訴えないでください！」、裏表紙には「メディアから引っ張りだこで絶対な影響力を誇る橋下徹氏について書くことは正直怖い。しかしこの本はどうしても書かざるを得なかった。」と記された288ページにわたる書籍だ。

かつては親しかった有名人同士が主義主張の相違から、インターネット上で激しい論争が始まり、その内容をまとめたものだ。

百田氏は橋下氏の発したおびただしい量のツイッター内容とテレビ番組でのコメントを時系列に整理したうえで原文のまま列記し、その欺瞞性を追及し続けている。

論点はロシアとウクライナの戦争、中国の対日政策、靖国神社や沖縄、大阪地

伊藤公一（いとう・こういち）

1958年生まれ。伊藤病院院長。

医療法人甲仁会名古屋甲状腺診療所、さっぽろ甲状腺診療所理事長。

北里大学医学部卒業、東京女子医科大学大学院修了。医師になって以来、国内外にて一貫してバセドウ病、橋本病、甲状腺癌など、甲状腺疾患に対する診療と研究にひたすら従事する。


東京女子医科大学、筑波大学大学院非常勤講師。日本医科大学、東京医科大学、了徳寺大学客員教授。日本臨床外科学会幹事。

本書についての
ご意見・ご感想はコチラ

表参道日記 ～その四～

2023年5月19日　第1刷発行

著　者　　伊藤公一
発行人　　久保田貴幸

発行元　　株式会社 幻冬舎メディアコンサルティング
〒151-0051　東京都渋谷区千駄ヶ谷4-9-7
電話　03-5411-6440（編集）

発売元　　株式会社 幻冬舎
〒151-0051　東京都渋谷区千駄ヶ谷4-9-7
電話　03-5411-6222（営業）

印刷・製本　シナノ書籍印刷株式会社
装　丁　　弓田和則

検印廃止

ISBN 978-4-344-94473-2 C0095
幻冬舎メディアコンサルティングＨＰ
https://www.gentosha-mc.com/